岩　波　現　代　文　庫

司馬遼太郎の「跫音」

関川夏央
Natsuo Sekikawa

文芸 365

岩波書店

序――「歴史青春小説家」から「憂国」の人へ

『竜馬がゆく』で歴史青春小説を書き、『坂の上の雲』では、それまで歴史学界で「侵略戦争」の端緒と位置づけられてきた日露戦争を「防衛戦争」として、細密に、かつ実証的に書いた司馬遼太郎は、一九八〇年代には「国民作家」と呼ばれた。その頃から日本のジャーナリズムは、どんな問題であれ、まるで炉辺(ろへん)に座した知恵ある老人にすがるように司馬遼太郎に意見をもとめるようになった。司馬遼太郎もまた、自分が生を享(う)け、自分が愛した日本への責任感からか、「困ったときの司馬さん頼み」に懇切に応えようとつとめた。

「週刊朝日」の歴史旅行記『街道をゆく』は、司馬遼太郎がもっとも精力的に小説を執筆していた一九七一年(昭和四十六)正月に始まり、雑誌に欠かせぬ人気企画として長期連載された。その連載も後半に入ると、年末年始の来客を避けるためか、彼はみどり夫人とともに『街道をゆく』の取材先のホテルで正月をすごすことを慣例とするようになった。

一九九六年（平成八）、司馬遼太郎は七十二歳であった。『街道をゆく』のうち「濃尾参州記」の取材のためにとどまった名古屋のホテルで新年を迎え、くつろいだ。その前年の正月は、やはり『街道をゆく』のうち「三浦半島記」のために横須賀に、前々年の正月は「北のまほろば」のために青森で迎えていた。

一月二日には、これも定例のことだが、編集者たちがホテルを訪れた。その夜の酒席で、司馬遼太郎はいつにもまして多弁であった。といって彼は酒をほとんど飲まず、食も細くて、おまけに好き嫌いがはなはだしかった。

宴が果てたあと、司馬遼太郎は文藝春秋と中央公論社の編集者をホテルの自室に誘った。持病の腰痛のために鍼（はり）治療を受けるのだが、スウィート・ルームだから次の間がある、そこで治療が終るまで飲みながら待っていてくれ、というのであった。

この前後、司馬遼太郎はしきりに腰の痛みを訴えた。しかし本人は座骨神経痛だと信じていた。普段から机に正対せず、体を左側に開いて腰を捻り気味に執筆してきた報いと思い、その痛みを軽減するための鍼治療であった。それにしても夜半に部屋へ、それも治療中に誘うとは、と編集者たちが意外に思ったこの日が司馬遼太郎との最後した上京を貧血で倒れたため中止にしたからである。
の語らいになった。というのは、通常月に一度程度上京する彼が、一月十八日に予定

最晩年のいらだち

一月二十三日には発熱した。熱はいっこうに下がらないので、一月三十日の外出予定もキャンセルした。二月三日には田中直毅との対談が予定されていた。「これはどうしても出る」と懸命に解熱をはかり、大阪市内のホテルに出向いた。二週間ぶりの外出であった。この対談は「週刊朝日」(九六年三月一日号、三月八日号)に掲げられたが、そこには司馬遼太郎のこんな発言が見える。

「次の時代なんか、もうこないという感じが、僕なんかにはあるな(……)ここまでブヨついて緩んでしまったら、取り返しがつかない。少なくとも土地をいたぶったことに倫理的な意味で決算をしておかないと、次の時代はこない」

司馬遼太郎は、大企業と一般市民がこぞって一時狂奔したバブル経済下の土地投機とその後始末の仕方に怒っているのである。そんな重大な不始末をした金融機関を、公金を投じて救うことに腹を立てていたのである。

この時期、司馬遼太郎はしばしば怒りを発している。一年前、九五年春のオウム真理教による地下鉄サリン事件のあと、立花隆と「週刊文春」誌上(九五年八月十七/二十四日合併号、八月三十一日号)で対談したが、このときの怒り方は独特であった。独特でありすぎる憾(うら)みさえあった。

「日本人には強烈な善人も少ないかわりに、強烈な悪人も少ない。それがわれわれの劣等感でもありました。ここにきて初めて、史上最悪の人間を持ったのかも知れません」

「オウムを宗教集団と見るよりも、まず犯罪集団として見なければいけないと思っています。とにかく史上稀なる人殺し集団である」

こんな直截的な発言をする司馬遼太郎に、立花隆がオウムを原理的に分析する議論のきっかけを投げかけても反応しないのである。生理的に受付けない、直視したくない、そんな態度だった。

約二時間の対談中、二十分間から三十五分間にわたって合計三回、司馬遼太郎の「ひとり語り」があった。それは日本史を自在に往還するものの、オウムの遠い円周をめぐるかのような隔靴掻痒の感のいなめぬ独言であった。つまり対談の体をなさなかった。

終って司馬遼太郎は陪席した編集者たちに、こういった。

「この対談を、みな茫然として聞いていたでしょう。これが現在の日本というものです」

虚を衝かれた編集者は、議論が成立しないことが「現在の日本」なのか、それとも日本史を貫いてきた原理では今回の事件は解明できないという意味なのか、わからずにいた。だが晩年の司馬遼太郎が、それまでとは別人のように気短かになっていたのはたしかである。


九六年二月三日の対談の疲労は長く残った。六日にも外出の約束があり、渋った末に出かけた。ようやく回復した二月九日、一月末に着手していた「文藝春秋」連載の巻頭コラム『この国のかたち』の執筆を再開し、書き終えた。第百二十一回「歴史のなかの海軍(五)」である。

原稿の最後に「つづく」としるしたあと、速達で送る原稿に添える編集長宛ての手紙を書いた。それも恒例のことなのだが、そこに「貧血」による体調不良の記述があった。

「小生は、若いころから、二、三年に一度ぐらい、脳貧血の痼癖(こへき)があって、酒ののみはじめによくなります」

「先日は、外出の一時間前に風呂に入ろうと思い、腰までつかったところ、大気の気圧と体内の気圧が平均していない(というような印象的症状)感覚におち入り、体をふく力もないままバスタオルをひっかけて寒い廊下に出、トイレにむかい(無用のこと)両ひざ折りくずれて廊下で四つん這いになりました。お医者にきてもらうと、脳貧血だそうで、そのまま寝こみ、この原稿二週間ほどかかりました。その後、風邪症状がつづき、病臥」

「以上、イノチに係わらぬ病気ながら、加齢とともに、痼疾もだんだんハデになります」(関川夏央『司馬遼太郎の「かたち」』に収録)

司馬遼太郎の最後の手紙である。この偉大な作家が書きつけた生涯最後の文字でもある。

それから間もなく、日付が二月十日にかわった午前零時すぎ、洗面所で歯を磨いていた司馬遼太郎は、足元をふらつかせながら「おーい、また大貧血だ」とみどり夫人を呼び、居間のソファに倒れ込んだ。

みどり夫人は語る。

〈そのときです。いま思えば不思議なんですが、いままで一度もそんなこと言ったことがない人なのに、「時計見て」と言ったんです。それで私も無意識に時計を見て、ちょうど零時四十分でしたか。すぐにかかりつけのお医者さまに電話して、私も本人も貧血だと思っていますから。頭の位置はどうしたらいいですか、どんな処置をすればいいですかなんて伺っていて、すると、その電話の最中に突然司馬さんがソファの上で吐血したんです〉（福田みどり「夜明けの会話――夫との四十年」）

「大阪中の人が、きみを攻めてきても」

みどり夫人は産経新聞社の六歳下の同僚であった。まだ戦後のにおいのする一九五五年夏、大阪・桜橋の市電停留所の電車待ちの客が多くいる中で、三十二歳の福田定一（司馬遼太郎）が二十六歳の松見みどりにいった。

「あのな、あんた。つまり、僕の嫁はんになる気はないやろな」

それは求婚の言葉であった。意外ななりゆきに驚いた客がみな聞き耳を立てたので、彼女は大いにあわてた。

それ以前、「トモダチ」から「コイビト」になりかわる頃、司馬遼太郎は松見みどりにこんなことをいった。

「もし、大阪中の人が、きみを攻めてきても僕はきみを守ってあげるからね」

「日本中の人」ではなく「大阪中の人」であるのがおかしい。司馬遼太郎はこの時期、一九五〇年代前半から、大阪人として、また大阪の作家として生きようとしていたのである。

結婚は五九年一月、大阪・西長堀のマンモスアパートの小さな1DKに住み、ふたりともそこから毎日キタの産経新聞社に通った。そのマンモスアパートが旧土佐藩邸の跡であると知ったとき、司馬遼太郎の想像力は大いに刺激され、『竜馬がゆく』の発想へとつながった。

六〇年一月、司馬遼太郎は『梟の城』で直木賞を受けた。新聞記者の仕事を愛していた司馬遼太郎は、大いにためらったものの多忙に耐え得ず、六一年五月退社、十五年間におよんだジャーナリスト生活に終止符を打った。

六四年三月、東大阪市中小阪の家に移ったのは、無限に増殖しつづけるかのように思われる本の置き場に困じ(こう)果てた末のことであった。福田みどりも会社を辞めた。それは、考えることと書くことが生きることそのものであるような作家、散歩であれ取材の旅であれ、生活のすべての局面で妻の助力と伴走を必要とする作家のための、やむを得ない選択であった。以来福田みどりは夫を「司馬さん」と呼び、それは最後までかわらなかった。

「座骨神経痛」と「貧血」の原因

九六年二月十日未明の大吐血は、肥大した解離性大動脈瘤の十二指腸との癒着部分に亀裂が入った結果であった。「貧血」はもちろん、「座骨神経痛」も大動脈瘤の神経への圧迫によるものであったが、本人も周囲も気づかない。

担送先の病院では胃潰瘍の可能性を第一に考え、内視鏡を入れた。だが、いくらていねいに観察しても患部は見あたらない。十二指腸まで調べると、そこに出血があったので医師は十二指腸潰瘍を疑った。しかし誰も責められない。それらしい自覚症状はまったくなかったのである。大動脈瘤を疑わせるカルテは一枚もないのである。

腹部大動脈の正常時の直径は約二センチである。それが、おもに動脈硬化症によって肥大してコブ状になる。腹部大動脈瘤である。コブは血管壁を「解離」させながら肥大化し、五センチ以上になると破裂する確率が二五―四〇パーセントに上昇する。出血が動脈内だけではなく後腹膜や腹腔内におよぶと、多くはショック状態に移行する。司馬遼太郎のケースが、十二指腸穿孔をともなった非常にむずかしい症例だとわかったのは、のちのことである。

この数年前に開発された手術方法、出血した血液を回収して再輸血する「自己血輸血法」による手術でも死亡率は五〇パーセントを下回らない。破裂してからでは助かるチャンスは少ないのである。

もし破裂のリスクが高い動脈瘤として見つかっていれば、予防的な手術がある。コブにあたる部分の動脈の上下を一時遮断し、フェルトで補強しながら人工血管に置き換えて吻合(ふんごう)するのである。またこの九六年頃には、開腹することなく、人工血管を折りたたんでコブの部分に送り込む術式も編み出されていた。これらの手術を実行した場合、死亡率は一―二パーセントに低下するとされる。しかし検診や人間ドックを顧みなかった司馬遼太郎の場合、当初は動脈瘤の存在さえ疑われていなかった。

入院して二十二時間後、突然はなはだしい下血と吐血が起こった。それでようやく動脈瘤の存在が明らかになり、二月十一日未明から緊急手術を行なうことが決まった。司馬遼太郎は「手術はいやだ」といったが、みどり夫人とかかりつけの医師が説得した。

九時間におよんだ手術の過程で四万ccが輸血された。しかしそれは、栓をしない風呂桶に湯を注ぎつづけるのに似ていた。

一九九六年二月十二日午後八時五十分、史上最高の歴史青春小説の書き手にして、晩年の十年間は強烈な「憂国」の思いを発しつつ「この国のかたち」を書き継いだ偉大な作家、司馬遼太郎は亡くなった。七十二年六カ月の、はなばなしくも実り多い生涯であった。

みどり夫人はそれより十八年あまりのち、二〇一四年十一月十二日に亡くなった。それは膨大な司馬作品の、ほとんど共作者といえる存在の死であり、「大阪の青春」の終りを告げたできごとであった。

（『人間晩年図巻　1995－99年』岩波書店、二〇一六年六月）

目　次

「思想嫌い」という思想

――『司馬遼太郎全講演［1］1964-1974』

この講演集におさめられたもっとも古い講演は、一九六四年七月の「死について考えたこと」である。そのとき司馬遼太郎は満四十歳と十一カ月であった。もっとも新しいものは七四年九月の「幕末の三藩」で、司馬遼太郎は五十一歳一カ月であった。

「こんな頭をしていますが」まだ若い、と講演の冒頭に四十代の司馬遼太郎はたびたび「弁解」している。三十代から進んだ白髪は、もはやみごとと形容されるほどの銀一色となりつつあったのだが、本人は早すぎる老いのしるしと気にするところがあったようだ。しかし五十代に入って「弁解」をやめたのは、自身の顔がその白髪とともに世に知られたゆえのみならず、白髪も年相応と自他ともにみとめたためであろう。

司馬遼太郎の四十代のすべてと、五十代のとば口までの講演をカバーした本巻は、大衆小説作家と目された司馬遼太郎が、史料の精緻な読みこみと文学とを融和させた歴史小説家として、あるいは該博な知識と強靭な説得力をあわせ持つ独特の文明批評家としての位置を占めるまでの時期にあたっている。すなわち、一部のファンに根強く愛された司馬遼太郎が、万人に頼りにされる司馬遼太郎になりかわるその換毛期ということである。

司馬遼太郎は六〇年一月、『梟の城』で直木賞を受賞した。三十六歳の彼はその五日前に産経新聞大阪本社文化部長になったばかりであった。受賞後、にわかに作家としての多忙さはつのった。出版局次長という比較的負担の軽い仕事にまわしてもらっても追いつかず、産経を退社したのはそのほぼ一年あまりのち、六一年五月であった。

そうして六二年夏からは、ほぼ四年間の長きにわたって古巣である産経の夕刊に『竜馬がゆく』を連載した。この間、六三年十二月には陽性の『竜馬がゆく』とは対蹠的な、陰翳に富んだ短編集『幕末』を刊行している。

『竜馬がゆく』は司馬遼太郎の代表作のひとつと考えられるが、当初はその人気は限られた範囲にとどまった。六三年七月、第一巻として「立志篇」が刊行された。しかしこれは産経新聞社が自紙連載なのに手をつけず、申し訳なく思った産経の担当者に持ちこまれた文藝春秋が売れ行きに不安を抱きながらも出したのであり、初版部数は八千部、当時の小説出版の隆盛ぶりから見れば相当に慎重な態度であった。

六四年、司馬遼太郎は『燃えよ剣』『新選組血風録』と、新選組に材を採った二冊をたてつづけに刊行した。同年七月、『幕末』中の一篇、清河八郎の後半生をえがいた「奇妙なり八郎」を篠田正浩が映画化した『暗殺』が公開された。この作品を、早熟な才能篠田正浩の『乾いた花』とならぶ傑作とさせた理由のひとつは、司馬遼太郎の歴史へのアクセスの新しさと人間造形のたしかな力量であった。本講演集第1巻は、ちょうどこの時期にはじまっている。

司馬遼太郎の人気が不動のものとなったのは、六五年から六六年にかけてNET(現テレビ朝日)でテレビドラマ化された『新選組血風録』以来のことである。「革命的」心情を抱いた当時の青年たちが、明白に「反革命」集団である新選組の物語にひきつけられ、その後もたびたび再放送されたドラマを追いかけたのは、そこに時代劇のかたちを借りた青春小説を見、革命期における組織と個人の相克の物語を読みとったからである。司馬遼太郎の作品は、従前の時代小説の枠にはとうていおさまらないという認識がこの頃読者に浸透した。それはまさに歴史小説の名に値した。

博捜による事実の積み重ねがあり、その事実の森の中に人間がたちあがる。主人公はおおかた平凡な人間である。しかし平凡な人間が非凡な時代に生きるうち、やむを得ず非凡な人間となり、やがてその非凡さはおおむね悲劇性を帯びるのである。

「史実から歴史を出すというのが、歴史家です。しかし、作家は、史実には全部目を通すけれども、その史実は、作家にとっては化学でいう「触媒」のようなものなんですね」「史実という触媒でもって、全く違う化学変化が起きなければ、小説にはならないわけです。／といっても、別にうそ話を書くという意味じゃありませんよ。小説はあくまでも人間のための芸術ですから、人間のトゥルーを探るためだけに、ファクトが必要なのです」（「歴史小説家の視点」）

このように彼自身が語った講演は六八年になされた。すでに司馬遼太郎の方法がはっきりとあらわれている。

注目すべきは、彼が新聞記者時代に、京都大学と寺社を担当していたことである。彼が大学構内で「思想」への強い違和を覚えたのは、それが大学構外の世相とは完全に遊離していることを実感したからである。戦中の、破滅へひた走る一途さも戦後の不安定さも、「思想」という「酒精分」がもたらしたのだとして強く斥ける態度は、このとき皮膚のように身にまとわれた。

彼は大学よりも寺を好んだ。それは、自分の内部に合理性へのベクトルとともに棲みついた、密教好みという不思議ななにものかを徹底して知りつくすためには欠かせない作業であった。

「仏法とは仏の教えのことですが、いまおまえさんはどこにいると教えてくれる一枚の地図だと思います」(「死について考えたこと」)

これが、たいていの僧と宗論を戦わせることができるまでに学んだ司馬遼太郎の仏教観であるが、結局その地図に身を任せることはなかった。

「しかし、どうも私は迷いが多いのですね。地図一枚を信じることがなかなかできません」(同前)

かわりに彼は現実の地図を重視した。

六八年に着手した『坂の上の雲』では、浩瀚(こうかん)ではあっても虚飾の多い『日露戦史』ではなく、そこに付された数百枚の地図をにらんで事実と物語とを引き出そうとした。また七一年からその死まで二十五年間にわたって書きつづけられた『街道をゆく』は、現実の地図を眺めながら、山、川、谷、風等の自然が人事を決定づけ歴史をつくるのだという考えを展開する、文学的フィールド・ワークの試みであった。

司馬遼太郎はジャーナリスティックな視線を歴史小説に持ちこんだ。ジャーナリズムは現在にだけ応用されるのではないことを、彼は大衆小説の先達から学んだ。司馬遼太郎は近代文学を好み、漱石や直哉の作品をよく読んだが、より刺激を受けたのは海音寺潮五郎や子母澤寛の実証的創作方法であった。

自分たちの選んだ歴史小説の書きかたは『フランス革命史』を書いたミシュレとおなじだ、と司馬遼太郎は講演中で語っている。ただ手に持つ道具のかたち(文体)がそれぞれであるだけで、「手掘り」の末に史実が触媒となって歴史と人間の物語を書くことにかわりはないというのである。

社会的事件の際、マスコミがなにかと司馬遼太郎の意見をもとめるようになった直接の契機は、七〇年十一月の三島事件である。

七〇年十一月二十六日、三島由紀夫自死の翌日、毎日新聞は「異常な三島事件に接して——文学論的なその死」という見出しで、新聞としては異例に長い司馬遼太郎の原稿を掲げた。大阪版での見出しは「薄汚れた模倣を恐れる——あくまで〝文学死〟であった。そこに盛られたものは「思想」と、それに触発された「行動」への警戒心と嫌悪であった。

だが司馬遼太郎は三島由紀夫の水戸学的思想だけを遠ざけようとしたのではなかった。

「子供のときからお酒を飲みつけていて、お酒をしょっちゅう飲んでいるような人は、お酒が切れるとだめですね。アルコール中毒と同じで、いらいらしてしまう。/イデオロギーもそうですね。違うお酒が必要なんです。日本人のそういう心理の中で、戦後のマルキシズムが果たした役割があります」(「うその思想」)

司馬遼太郎は、ヨーロッパ世界のキリスト教原理も、東アジア儒教も「飼い馴らし」の原理だといった。当時日本では高く評価する向きがあった文化大革命と紅衛兵に冷静な批評的発言をし(一九七一年)、日本人のほとんどが心情的に加担した南ベトナム民族解放戦線に対しても、「歴史や政治的正義はそこまで崇高ではない」(『人間の集団について——ベトナムから考える』)といい切ったのである。七三年という時代相を考えれば、これは果敢な発言であった。

しかしなぜか司馬遼太郎は、思想と行動の合一を重んじた陽明学の系譜の人々をよく作品の主人公に選んだ。『殉死』(一九六七年)の乃木希典には『坂の上の雲』まで一貫して冷眼を注いだが、『峠』(一九六八年)の河井継之助には政治を経営だとみなす開明性を発見し、『世に棲む日日』(一九七一年)の吉田松陰の場合は、おもにその教育者・旅行家としての側面を強調した。だが『翔ぶが如く』(一九七五—七六年)の西郷隆盛では、そのたたずまいのみに愛着して、思想の限界に迫ったとは必ずしもいえなかった。

司馬遼太郎は思想を嫌悪しつつ、人惚れしてしまう文学者であった。「人生を一編の詩にしてしまう」日本人の生き方に、その合理志向にもかかわらず共感を禁じ得なかったのは、密教への傾斜とともに司馬遼太郎自身の精神の多様さ、複雑さのあらわれであった。七三年、彼は長年の懸案であった長編『空海の風景』の執筆に着手した。

この講演集第1巻にあたる時期、ほぼその巨大な輪郭を世にしめし終えた司馬遼太郎は、以後二十年あまりをかけて輪郭内部を作品と発言をもって埋めていく。そのいうところは、日本人は原理や思想を持たぬことを恥じるな、ひたすら現実を見据えてリアリズムで生きよ、ということに尽きた。司馬遼太郎の後半生は、大陸とヨーロッパとに日本人が抱いていた気後れをとり去り、島国文化の闊達さを再発見させることに費やされたといえる。

（朝日文庫、二〇〇三年十月）

司馬遼太郎と「戦後知識人」群像

――『司馬遼太郎対話選集』

一、仕事の主脈のひとつとしての対談・座談

司馬遼太郎は、対談・座談会をいとわなかった。専門家の話を聞くことを好んだ。彼は、他者に教えられ、刺激を受け、また他者に話すことによって、自分の考えを構築し成熟させようと情熱を燃やしたふうであった。出会いがあり、交感があり啓発がある、そういう場の空気を司馬遼太郎が大切にしたのは、彼が愛した正岡子規のようであった。

読者の存在をつねに念頭に置いていた司馬遼太郎は、対談が紙上にあらわれたとき、知的刺激が知的娯楽となるよう配慮を欠かさなかった。また専門家も業界用語（ジャーゴン）を使用したりせず、複雑な概念を平易な言葉を積み重ねつつ説いた。彼が対

談相手として招く人は、みなそれができる人、すなわち一流の人であった。

司馬遼太郎は、学問の狭い世界に閉じこもる人を好まなかった。平易に語ることができない人を軽んじた。見かけの温和げな風貌にそむく、きびしい眼を持った人であった。そうして彼は、自分が認めない人、嫌いな人とは決して対談しようとはしなかった。

したがって対談は「禅問答」とも「達人問答」ともならなかった。凡夫でもわかり、刺激を受けるが、専門家が読んでも興味の尽きない話が展開された。結果、炉辺のくつろぎと、テーブル上の知的な緊張感が、時に応じて自在に醸成された。それは、教養こそ娯楽であるとする司馬遼太郎の方法と、言語表現を大切に思い、言葉によって座は保たれなければならないとする考え、そして出会いと交感とを尊重してやまないその人柄に負うものであった。

司馬遼太郎は、対談・座談の席で、つねに相手とのコラボレーションを強く意識していた。共同作業の実りを信じていた。

しかしそのような配慮あるいは「場」への参加のいざないは、対談相手に対してだけなされたのではなかった。小説や『この国のかたち』のような思索的小文の執筆に際して、司馬遼太郎が編集者を信頼し、ある意味でそれらの作品もみな共同作業と認識していたように、対談・座談においても、編集者の役割は重かった。編集者との雑談のうちにあらたな対談の構想が生まれることは少なくなかったし、編集者たちも司馬遼太郎の信頼によく応えた。

司馬遼太郎が活発に対談・座談会に臨んだのは、一九七〇年代はじめから九〇年代なかばに至る時期であった。「戦後」には違いないが、もはやそう呼ぶのもはばかられる時代、しかるについに名づけられることのなかった時代である。

司馬遼太郎の四十代後半以後にあたるその時期は、ゆるやかに減じながらも、いまだ普通の人々が教養としての知識をもとめつづけた時代でもあった。したがって出版文化からも健全さがさして損なわれてはおらず、編集者たちは古風とさえ思われる律義な態度と正確な技術とをもって司馬遼太郎に対し得た。

司馬遼太郎の「対談」は彼の作品である。「対談」は、そのなした厖大な仕事の山脈のひとつである。そのような考えに基づき、数多くのうちから精選してこの『司馬遼太郎対話選集』は編まれた。ゆえにこの『司馬遼太郎対話選集』が知的娯楽にとどまらず、出版文化史上の貴重な資料ともなっている点に読者は留意していただきたいと私は念願するのである。

「日本は最もたいせつな人をあっけなく失った」「この連載紀行（『街道をゆく』――関川註）には、未開花の小説が珠玉のようにちりばめられているのである。私はこの断絶が最も悲しい」（林屋辰三郎「司馬さんの歩んだ「道」」、週刊朝日別冊「司馬遼太郎の遺産」一九九六年三月三十一日号）

司馬遼太郎をこのように追悼した林屋辰三郎は、司馬遼太郎より九歳の年長であった。日本史学の泰斗で「関西の大御所」と呼ばれた林屋辰三郎と司馬遼太郎は、むしろ林屋辰三郎からの希望で七二年から八〇年にかけて幾度か対談し、それは単行本『歴史の夜咄』（小学館）となって結実した。

林屋辰三郎との対談「古代出雲と東アジア」は小学館のPR誌「本の窓」七九年夏号に掲載された。その担当者眞杉章は、それより前、七七年夏に完結した『小学館日本の歴史』（全三十二巻、別巻一）の副編集長であった。各巻に付される「月報」には対談を収録していたが、最終巻『現代の日本』の執筆者江口朴郎（ぼくろう）と司馬遼太郎の対談を、全集の締めくくりとして企画した。それが司馬遼太郎との仕事の濫觴（らんしょう）となった。

編集者としての眞杉章は朝鮮に興味を抱き、古代から現代に至るまでの日本と朝鮮の関係を総合的に見わたす本を司馬遼太郎を中心につくりたい、そんな希望を久しく持っていた。具体的には司馬遼太郎と李御寧の対談を発想した。対談の前半は韓国に席を設けて古代から中世までを、後半は日本で近世から現代までを、それぞれ数日かけて話し合うという大きな計画であった。

両者の了解はすでに得て、あとは日程調整のみという段階になった矢先、オウム真理教によるサリン事件が起こり、司馬遼太郎は忙殺された。そのため日延べされたのだが、翌年二月、司馬遼太郎は急逝した。眞杉章にとって「まさに痛恨」の一語に尽きた。

湯川秀樹との対談「日本人の原型を探る」は、中央公論社の文芸総合誌「海」(一九六九年九月号)に掲載された。担当は「海」初代編集長近藤信行であった。

「海」は中央公論社社長嶋中鵬二(ほうじ)の直接の声がかりで創刊された。文芸誌ではなく文芸総合誌とあえて銘打った意欲は、創刊三号(ゼロ号を含めば実質四号)六九年九月号の目次に、小説や文芸評論以外の作品、たとえば芥川比呂志のピーター・ブルックの稽古場見聞記、E・H・ノサックの講演採録、いいだ・もも「私の反・月旅行記」(その年、アポロ十一号が月面に到達している)などが並んでいるのを見れば首肯される。

小説では、辻邦生『背教者ユリアヌス』が連載され、井伏鱒二のエッセイ「手控帖より」、大原富枝『於雪(おゆき)——土佐一條家の崩壊』三百五十枚が一挙掲載となっている。印刷三万八千部というから、文芸誌は二十一世紀初頭の三倍ほどの読者のひろがりを持っていたとわかる。

「日本人とは何か――文化・科学の爛熟期にあって、日本人自身が忘れ去ってしまっている根源的な問題を鋭く追求する、初顔合せの異色対談」

と目次のリードにある。

近藤信行は「小説中央公論」の編集者時代、司馬遼太郎の初期作『新選組血風録』（一九六二年五月―六三年十二月）の担当となり、毎月原稿を受取るために、大阪の、当時司馬遼太郎が住まっていたマンモスアパート十階に出向いた。「小説中央公論」が休刊すると「日本の文学」（全八十巻）のキャップとなり、その後「海」編集長に転じた。司馬遼太郎と中央公論社との良好な関係は、元来嶋中鵬二と司馬遼太郎の気が合っていたことによるのだが、六〇年代の近藤信行、八〇年代の「中央公論」編集長近藤大博(もとひろ)らの仕事ぶりがもたらしたところも多いのである。

永井路子との対談「鎌倉武士と一所懸命」の担当は、当時の「文藝春秋」編集長半藤一利であり、「文藝春秋」七九年一月号に掲げられた。

七九年のNHK大河ドラマは、永井路子の『北条政子』など一連の作品から脚本（中島丈博）を起こした『草燃える』で、北条政子を岩下志麻が、源頼朝を石坂浩二がそれぞれ演じた。しかし、それが対談企画のきっかけとなったのではないと半藤一利はいう。新年号だから何か書いて欲しいというのが当初のリクエストで、それがかなわず次善の策として対談を行なう運びとなった。

「鎌倉以前は日本ではない」

席上、司馬遼太郎の強い言葉に半藤一利は驚きを禁じ得ず、「思い切ったことをいうなあ」と内心につぶやいた記憶がある。それは永井路子にしてもおなじだったのではないか、と半藤一利は推測する。

「一所懸命」の鎌倉武士の精神、「御恩と奉公」という幕府と武士の契約の観念、すなわち「土地への凄じい執念と働けば働いただけ報われるという東国武士の論理」(対談本文に添えられたリード)は現代人の心にまで生きつづけ、これに「名を惜しむ」という性癖、すなわち、ときに実利・生命より名聞(みょうもん)を重視する名誉心を付加すれば、司馬遼太郎が「日本人のありかた」として想定する原理となる。その後の司馬遼太郎の考えとしてよく知られるそれは、このときはじめて公けに口にされたのである。

鎌倉武士への感情移入は、「戦後」の合理的時代精神の肯定者たる司馬遼太郎としては、むしろ当然のことであった。だが、「戦後」も長(た)けて、豊かさの末の過剰流動性が生じて土地投機に人々が走り、「働かずに儲ける」ことへの傾きが生まれた七〇年代なかばには、司馬遼太郎自身に「戦後」への疑いがきざさざるを得なかった。これはその時期にあたる。が、いまだ後年の強い「いらだち」「怒り」には遠い。

半藤一利は一九六〇年初頭、はじめて司馬遼太郎と対面した。『梟の城』で直木賞を受賞したばかりの司馬遼太郎は三十六歳、みどり夫人と結婚してまだ一年であった。「週刊文春」編集部員であった半藤一利は、新受賞者の人物紹介記事を書くために大阪へ出向いた。

その記事「風変りな受賞者」には、中学時代の司馬遼太郎が満洲馬賊に憧れたこと、戦時中、行けば戦死が必至であった硫黄島への転属を熱望したこと、戦後は日給九十円で機械の鋳落としの仕事に従事したこと、その職場で「死ぬほどの片想い」をしたが報われず辞めるに至ったことなど、他では決して語られたことのない意外な挿話が盛られていた。しかし司馬遼太郎は必ずしもこの原稿を喜ばず、半藤一利はのちのちまでことあるごとにその「名文」を皮肉られた。

「人間にとってその人生は作品である。この立場で私は小説を書いている」(司馬遼太郎「歴史小説と私」)

つまり司馬遼太郎は苦労話を嫌い、私小説風表現を徹底して嫌いつづけたのだ、と半藤一利は回想した。実はこの原稿は半藤一利が書いたのではなかった。彼は締切直前に事故で大怪我を負い、ぜひ会いたいと司馬宅に同行した編集部の先輩が急遽かわりに筆をとったのだが、半藤一利は結局そんな事情を司馬遼太郎には告げなかった。

永井路子との対談は、「八〇年代の日本人の生き方」というくくりで、ライシャワーの「日本人論」と並べて掲載された。この「文藝春秋」七九年一月号には江藤淳「海は甦える」第三部が載り、山本七平「聖書の旅」の連載がはじまっている。この号の巻末「社中日記」には、入社試験にこんな珍答があったという冗談がしるされた。

「B－29「最近開発された墨より濃い鉛筆」」

この時代でさえ、すでに戦争は遠い存在であった。

エドウィン・O・ライシャワーとの対談「日本人物史談」は、このような時期、八〇年七月から「週刊朝日」に五回にわたって(七月十一日号―八月八日号)載った。文字どおりの大型対談であった。

一九六一年から駐日大使をつとめたライシャワーは、その後再び自由な立場の学究に戻り、七七年に大著『ザ・ジャパニーズ』を出版して全米ベストセラーとなった。七九年にはその邦訳が出され、これが対談のきっかけであった。

当時の出版局次長で、七二年から七七年まで「週刊朝日」編集長を務めた涌井昭治は、七、八時間にもおよんだ対談の冒頭、つぎのようなあいさつを行なった。

「〝日本及び日本人論〟は、どうやら尽きることがない。日本にとって、さまざまな角度からこの議論が繰り返されている間は、世の中がいい時代だと思います」

ライシャワーの学位論文は平安初期、九世紀なかばに活動した僧・円仁(慈覚大師)の『入唐求法巡礼行記』の研究であった。この対談の同時通訳はのちに国会議員となった國弘正雄だが、彼は前年『ザ・ジャパニーズ』の翻訳をも行なっていた。その「訳者あとがき」には、つぎのようなことがしるされている。

「訳文の可否を原著者自らが吟味し、(よくもあしくも)評価できるという」ケースははじめての経験であったし、日米両語を知りぬいた著者は、翻訳作業そのものの「可能性についてかなり懐疑的」であったので緊張もしたし、苦労はひとかたならなかった。たとえばmanyという単語は、たんに「多くの」と訳せばよいとは限らない、英米語では「案に相違した」というトーンが含まれているのだ、とライシャワー氏はいう。

日本生まれのライシャワーの父は、オーストリア系の新教の宣教師であった。父は東京女子大で講じ、聾唖児の教育活動に献身した。同時に大著『日本仏教史』の著者としても知られる人であった。出生地主義のアメリカでは、ライシャワーはアメリカ市民であるより日本市民とみなされがちで、そのうえ彼は日本婦人(ハル・松方・ライシャワー)と結婚している。

外交官時代のライシャワーが、「ややもすれば日本に過当にきびしかったり、アメリカへの批判に対しことさらにまなじりを決したりするシーンがしばしば見られた」のは、そうしなければならない立場であったからだろう。國弘正雄はつづけた。しかし学究に復したのちの発言と著作は、「われわれに成心なく日本を考え、日本社会をみるよすがを与えてくれる」――

網野善彦との対談「多様な中世像・日本像」(「中央公論」一九八八年四月号)の担当者は、八五年、四十歳という異例の若さで「中央公論」編集長となった近藤大博であった。

近藤大博は、それより少し前、「中央公論」編集部員として司馬遼太郎から『韃靼疾風録』の原稿(一九八四年一月号―八七年八月号)を貰っていた。その連載開始以前には、小説のもう一案として「与謝蕪村」があった。

「蕪村」ならより文芸的な作品となる。いずれにするか司馬遼太郎も迷うふうであったが、結局、東アジア史を見直したいという司馬遼太郎自身の気持が勝って『韃靼疾風録』を選んだ。同時期、ほとんど畢生の作品という思いをこめて調べていた「ノモンハン」がついにかたちにならなかったので、小説としてはこれが司馬遼太郎最後の作品となった。大陸に材をとったこの作品で、彼は処女作と同じ場所に還ったのである。

一九八五年は中央公論社創業百年であった。八三年から「中央公論」誌面刷新の準備に入った近藤大博は、その方法について司馬遼太郎に相談をもちかけた。彼らはすでにそのような間柄となっていた。

「まず筆者紹介を充実すべきだとご教示いただいた」「筆者の問題意識の変遷、掲載の経緯、研究分野の現状などを詳述すべき。タイトル・リード・筆者紹介の三点が論文のガイダンスになるように。つまり、三点を一瞥するだけで、論文の方向性を読者が感じ取れるように。以上が、先生のご意見だった」（近藤大博「先生の教え」『司馬遼太郎全集』65月報）

八五年十一月号が、編集長としての責任をになった近藤大博の第一冊目であった。彼は、これを機に表紙をかえて古色を薄めたいと考えた。しかし表紙絵はかえるわけにはいかない。司馬遼太郎の助言に従って、題字の書体をほんの少しだけ細めにした。すると、「驚くほど新しさが加わった」。近藤大博は司馬遼太郎に単行本の装幀を依頼したことさえあった。その仕事は実際になされたという。司馬遼太郎の知られざる側面である。

この網野善彦との対談が載った号を最後に近藤大博は二年半つとめた編集長職を離れ、一年間休職してミシガン大学日本研究所の客員教授となった。八九年に帰国し復職したが、九〇年に退社した。アメリカ紙の客員論説委員、専門誌編集長などを歴任したのち、九九年に日本大学大学院総合社会情報研究科教授に就任した。

原田伴彦との対談「天下分け目の人間模様」は「歴史と人物」(中央公論社)七九年十月号が初出である。二年後、『原田伴彦著作集』が刊行されたとき、司馬遼太郎はつぎのような一文を寄せた。

「(原田史学の特徴は――関川註)生物の組織学を見るような――あるいは生理学的合理主義というべき――裏打ちをもっていることである。／さらにいえば、その堅牢な実証性を循環しているものは、高度のおとこぎというものであろう」

「この史学において文学との接点をもとめるとすれば、そういう意味での(原田の学問に含まれた「酒精分」としての「俠気」――関川註)豊潤さであるといっていい」(司馬遼太郎「原田史学の特徴」一九八一年一月)

ここでいう「おとこぎ」「俠気」は、司馬作品をつらぬく背骨として山折哲雄が読みとった「義侠心」に通じる。その点において司馬遼太郎は原田伴彦と親和したのである。

二、言葉の共同作業を尊ぶ心

大岡信との対談「中世歌謡の世界」は、「週刊朝日」一九八三年十一月十一日号から二週にわたって掲載された。週刊誌上のタイトルは「中世の歌謡を見直す」、副題に「〃嘘は嫌よ〃という庶民の気分」と添えられていた。

「司馬遼太郎氏は、かねてから、室町時代には大衆社会の様相がみられるといっていた。民衆がワイワイいっていた時代、昭和の現代とよく似たところがあると注目していた。その民衆の心を映しているのが、歌謡である」

と記事のリード文にある。

大岡信は、自著を司馬遼太郎に送ると必ず返事が届いた、そこには著書のどこかしらに触れた感想がつけられていた、ただし感想の記述が済むと、葉書は余白を残して唐突に終りになっていた、と回想した(大岡信「葉書の書き方と司馬さん」『司馬遼太郎全集』53月報)。

そこから大岡信は、「この人は自分が関心を持った点に関しては、集中的に注意を払い、その余のことは他の人に任せるよ」という一貫した態度を読みとった。

これよりのち、大岡信は読売新聞四万号記念で、編集主幹水上健也を加えた五面ぶちぬきの長い鼎談(一九八七年十月二十五日付)を行なったとき、司馬遼太郎が、「現代文化の一番危機の部分」として、「軟体動物みたいな、ビールの泡のような日本語がはびこる」現状をしきりに嘆いていたことを、鮮烈な記憶として残した。

一九八七年三月から四月にかけて、司馬遼太郎は英国とアイルランドを旅した。それは一九七一年以来「週刊朝日」に連載中の『街道をゆく』のためになされた。

西洋の旅には元来さしたる興味をしめさなかった司馬遼太郎だが、アイルランドやバスクは格別だった。大文明の辺境や国民国家を形成しなかった民族に対して彼が見せた愛着と同情は、日本と日本史を相対化したいという強い情熱から発していた。

のちに『愛蘭土紀行』としてまとめられたこの旅からの帰国後、司馬遼太郎はこんな手紙を、当時『この国のかたち』を連載中であった「文藝春秋」編集長のもとに送る月例の原稿に添えた。

「欧米の少年教育、およびおとなが、問題があると、鷺をカラスと言いくるめるdebateというやつ、ギリシア以来のコトバの重視というものかもしれませんが、小生などは欧米文明の最弱点だと思います。かれらは、どうしてそのことに気づかないのか。気づけばヨーロッパ人でなくなってしまう、と思うのか。ロンドンで、BBC(といって日本むけの放送でしたが)のラジオで(ホテルの部屋で)思いっきりいってやりました。日本では、ディベイトの強者をいかがわしいやつ、サギ、インチキ師、ヘラズ口というんだ、というたぐい。そのあと、その地の日本人が、どうして互いに自分の弱点を持ちよって、机の上で弱点会議をやらないのか。

〝そんなことしたら、サッチャーはその日にクビになります〟」(関川夏央『司馬遼太郎の「かたち」』に収録)

司馬遼太郎の「軟体動物みたいな、ビールの泡のような日本語がはびこる」という言葉は、いわゆる「日本語の乱れ」を嘆ずる言葉ではなかった。人を言いくるめる技倆の向上、あるいは口喧嘩に勝つための屁理屈の達者さをよしとするがごとき風潮への憂いであった。

バブル経済の頂点へと向かいつつあったこの一九八〇年代末葉、「ディベート」という言葉はテレビマスコミを中心に流行していたが、それはおそらく「国際化」への焦躁の末節的表現であった。

司馬遼太郎は、そのような空論の空転をもっとも嫌ったのであるが、それは、彼がもっとも重きを置いた価値、人間の「すがすがしさ」の対極にあるものと認識されたからであった。

丸谷才一との対談「日本文化史の謎」は「文藝春秋」七七年五月号、大野晋との「日本語その起源の秘密を追う」は「週刊読売」七五年一月十八日号から二週連続、徳川宗賢(むねまさ)との「日本の母語は各地の方言」も「週刊読売」七六年一月三日・十日合併号からやはり二週連続で、それぞれ掲載された。徳川宗賢は御三卿のうちの田安家末裔で、旧伯爵徳川達成(さとなり)の二男である。

一九七〇年代はじめのころから、司馬遼太郎の作品は「高度成長の応援歌」にすぎないとする通俗なものいいの非難が聞こえた。彼が作家的地位を不動のものとした一九八〇年代にも、ときにそういわれた。一方、歴史学者の側からは、『竜馬がゆく』や『燃えよ剣』における作者の坂本龍馬や土方歳三への「惚れこみ」に対して、「サービスのしすぎ」ではないかという感想が漏らされることがあった。

「サービス」が小説をおもしろくする。読者もまたおもしろがって読む。しかし小説が巧みであればあるほど、また主人公に生彩が点じられれば点じられるほど、読者はそれがほんとうの「歴史」だと思ってしまう。司馬遼太郎の小説で「歴史」がわかったと思いこむ。非難ではないが、そのような弊への危惧の念の表明であった。

しかし司馬遼太郎は歴史を記述したのではなく、歴史小説を書いたのである。該博な知識を得た上で取捨して主人公を造型し、自分が読みたいような小説を書いたのである。それらは「青春小説」であった。司馬遼太郎の仕事によって、日本人が抱く坂本龍馬像、土方歳三像が動かしがたいものになったことは争われない事実である。

しかし、明るくさわやかな「青春小説」にも戦中派司馬遼太郎の影が濃く投影されているると見抜いたのは、そのよき読者でありつづけた丸谷才一であった。龍馬も歳三も、戦中の困難な時代に青年期を送り、「戦後」時代を生きたひとりの鋭敏な日本人の感性の反映であり考えの表明なのだ、とした丸谷才一はつぎのように書いた。

「かういふ一連の英雄たちは、その時代を覆つてゐる常識、あるいは狂気と、勇ましく衝突した男たちとしてとらへられてゐる。彼らはみな、形骸化して有効性を失つた常識や、集団ヒステリーのせいでの気分によつて支配されるのではなく、現実から出発してものを考へるたちの健全な人間であつた。(たとへ土方歳三であらうと司馬の手にかかるとさういふ型の人間になるのは、極めて興味ふかいことである。)その代表が坂本龍馬であることは言ふまでもなからう。そしてわたしは、『竜馬がゆく』のなかでこの主人公の姿が簡明率直に定着されてゐるのを見て、太平洋戦争中における司馬の悩みと憧れをまざまざと見る思ひがしたのだつた。おそらくこの小説家は青春時代に、「八紘一宇」「一億玉砕」などといふ標語の馬鹿ばかしさにさんざん苦しめられたからこそ、「尊皇攘夷」といふ標語が人心を乱してゐる時代と闘ひ抜く男を、あのやうにくつきりと描くことができたのである」

「いつたい左翼的な歴史小説論は、民衆を描かなければならないと説教するのを決め手にしてゐるやうだが、わたしに言はせれば、民衆でも上流階級でも、英雄でも庶民でも、とにかく何かを描くことに成功してゐれば時代と社会をとらへてゐるのである」(丸谷才一「司馬遼太郎論ノート」)

日本語の起源を南アジアや東南アジアにもとめようとする大野晋との対談「日本語その起源の秘密を追う」に触発されたのか、七六年、司馬遼太郎はパプア・ニューギニアに赴く計画を立てた。しかし毒虫がいると聞いて断念、行先をオーストラリアの北端木曜島に変更した。

その、オーストラリア人でさえ存在を知らない小島は、明治七年から日本人漁師が入植して貝ボタンに使う白蝶貝を採集していたのであるが、島に往時の面影はなかった。

その帰途、七六年四月十一日にキャンベラに寄り、当時オーストラリア国立大学アジア学部客員教授をつとめていた井上ひさしと会った。手紙の往来はあったが、これが初対面であった。一行は司馬遼太郎とみどり夫人、夫人の実弟夫妻、「週刊読売」の担当者野村宏治、サンケイの端山記者と、旧知の中央公論社の編集者山形真功(まさよし)、あわせて七人であった。

「日本語」に飢えきっていた井上ひさしは、司馬遼太郎との会話を心からたのしんだ。乾ききった皮膚に日本語の雨がしみとおるようであった。

井上ひさしは書いた。

「まる一日、ぼくは、穏やかではあるが雄弁な、論理的であると同時に生活的な司馬さんの日本語にたっぷりと漬かることができたのである。(七六年四月十二日――関川註)午後七時十五分、キャンベラ空港で司馬さん一行を見送りながらぼくは、(ああ、日本語が去って行く)と呟いていた」「その夜からぼくは『雨』という戯曲に着手し、二週間後に脱稿した」(井上ひさし「キャンベラの司馬さん」『司馬遼太郎全集』33月報)

赤尾兜子(とうし)は大阪外語時代の司馬遼太郎の友である。彼は学齢で一歳下のさらに早生まれであったが、司馬遼太郎が旧制高校入試に失敗して浪人していたため、同学年になった。中国語を学んだ兜子はその後京都帝国大学に進んで吉川幸次郎に学んだ。戦後は毎日新聞社に入社、おもに大阪学芸部に勤務しながら句作した。

鉄階にいる蜘蛛智慧をかがやかす
音楽漂う岸侵しゆく蛇の飢
個々の牡蠣眠るは縮む外科個室

大岡信は赤尾兜子の句を、こう評している。
「作者の強靭な方法意識が作動して初めてつくりあげられる種類の言葉の建築が、ここにはそそりたっていた」
「これらは読者の感情移入を拒んでおり、それゆえにまた、読者が句に同調してそこからカタルシス的な快感を味わうことをも許さないようにつくられているのである」

無電とぶ都会むらさき色の餡を練る
薄氷にやどかりのいるかささら波

その性神経過敏、あえて読者の「感情移入を拒む」この孤独な俳人に対して司馬遼太郎はつねにいたわりを忘れなかった。彼は「焦げたにおい」と題した一文を兜子のためにしたためた。

「かれの句は、作るよりも発するようであり、というよりも雷電に撃たれるような感覚の発作があるときに、その発作のあとに句が落ちているというような感じであり、そのことが、かれの資質のどのあたりから出るのか、せめてその焦げあとのにおいでも嗅げないかと思った」

司馬遼太郎の一文は赤尾兜子の句集『歳華集』の序文として、先の大岡信のそれは、塚本邦雄のものと並べて『歳華集』解説として巻末におさめられた。

七五年六月二十九日、その『歳華集』の出版記念会が神戸三宮の生田神社会館で催された。会は盛大であった。当日の出席者の一部を書き出せば、司馬遼太郎、大岡信のほか、以下のごとくの顔ぶれであった。陳舜臣、高安国世、梅原猛、高柳重信、須田刻太、奈良本辰也、富田砕花、小野十三郎、吉岡実、田辺聖子、榊莫山、永田耕衣、足立巻一、三枝和子、竹中郁、竹内実、松田道雄、依田義賢。

この記念会で『歳華集』の担当者、角川書店の鈴木豊一は、はじめて司馬遼太郎と会った。当時、彼の所属する雑誌「俳句」では、俳句界以外の人士との対談をしばしば載せていたので、よい機会と思いたち、赤尾兜子との対談をその場で打診してみると快諾を得られた。対談「空海・芭蕉・子規を語る」は翌年三月に行なわれ、「俳句」七六年五月号に載った。そして七八年刊行の『日本語と日本人』(読売新聞社)に収録された。

赤尾兜子は八〇年、毎日新聞社を停年退職したが、すでに七四年頃から鬱に苦しんでおり、症状は軽くなかった。彼は八一年三月十七日、神戸市東灘区御影の阪急電車踏切で急逝した。五十六歳であった。自殺と事故の両説があるが、なにごとかを予感したような、「轢死者の直前葡萄透きとおる」の一句が残された。

桑原武夫との対談「〝人工日本語〟の功罪」の初出は、「文藝春秋」七一年三月号である。この対談は同年、他の十三人の対談とともに『日本人を考える』という一本をなして刊行された。

桑原武夫は「京都学派」人文系の中心人物であり、登山家としても知られた存在であった。

司馬遼太郎は桑原武夫を、終戦間もなく京大担当の新聞記者だった時代から見知っていた。しかしそのあまりの巨大さ、影響力の強靱さを警戒してか、あえて接近せずにいた。

時を経て六四年、すでに著名な作家となっていた司馬遼太郎は、テレビ番組で桑原武夫と席を同じくした。桑原武夫にとっては、それが初対面であった。このとき六十歳の桑原武夫は、四十一歳の司馬遼太郎の印象を、「ええコや」と富士正晴に吐露した。

司馬遼太郎と桑原武夫は、桑原武夫がミシュレの大著『フランス革命史』の訳業をなしとげたとき、その「革命史の最高傑作」を話題に対談したことがあった。そこには、桑原武夫がミシュレにことよせて司馬遼太郎の文学の方法について語っているくだりがあった。

「ミシュレの場合、挿話がただの挿話で終わらないのです。歴史の進行というものは、(……)どうしても全部は書けない。そこで出来事のなかから何かを選び取らなければならない。それには分析して図式化するというやり方が一つあるわけです。われわれが、いまかりに酒を飲んでいるとして、その酒は蒸留酒で四十度である、という書き方です。ところが、そうではなく、司馬さんが酔っぱらってふらふら歩いている、とその歩きぶりを挿話のように書くことで状況をあらわすこともできる。これは

(……)象徴の方法だと思うんですけどね。その象徴を多くの事象のなかからどこに選ぶか、そこが歴史家の(……)見識ということだと思います。見識のないひとは、それは歴史の史料の収集家であって、歴史学者かもしらんけれども、歴史家ではない」

そして対談の最後のあたり、桑原武夫はつぎのような発言をした。

「公の歴史のなかに〝私〟をもちこむことは、もちろん学問としての歴史においては困るし、あなたがたが小説を書かれるときにも、露骨にやられては困る。しかし、人間にたいする理解は……」

このとき司馬遼太郎は、「自分を通して……」とつぶやくように受けた。

すると桑原武夫は、司馬遼太郎のつぶやきに重ね合わせて、言葉を以下のように継いだ。

「(自分を)通してしかありえないということですね。学問が人間を通すということは、学問の堕落だというふうに、おそらく十九世紀の合理主義的、科学主義的歴史家は思ったかもしれない。それで通れば、簡単でまた幸福であったでしょう。けれども、現代はそれでは通らない。ちょっと甘いことばで言えば、いまや歴史を理解するのには、自分の二つとない生命を投げこむこと以外に方法はない、という感じのところへ歴史の理解はきているのじゃないですか」

司馬遼太郎作品の最大の理解者のひとりであった桑原武夫は、どんな対談であれ、はじめる前に場面構成をしないと気が済まなかった。参席者すべての席、ざぶとんの位置を自分で仕切るのである。対談の場を、知と言語の共同作業の仕事場と認識しているようであった。そうするためには「演出」が必要である。

司馬遼太郎は桑原武夫の「方法」を讃嘆の念をこめて書いている。

「「速記の方はそこ。編集部はあちらに」

と、氏は登山隊長のような表情になった。さらに氏は小机の角度をすこし曲げ、司馬サンはそこです、といった。それによって氏と私との位置に、適当な角度ができ、たがいに無用の肉体的圧迫感をうけることが軽減され、ひどく楽な気になった。

同時に桑原氏の学問の方法の一端がわかったような気がした。このことは、人文科学の分野では成しがたいとされていた共同研究というものを氏が一度きりでなく幾度も成功させたという記録的な業績の秘訣にもつながっているようにおもえる。この才能——ふしぎとしか言いようのない——は、登山家・探検家としての氏の体験からうまれたというような後天的なものではなく、天賦のものである」(「桑原武夫氏のこと」『桑原武夫全集』補巻、朝日新聞社、一九七二年十二月)

ところでこの桑原武夫との対談「〝人工日本語〟の功罪」が載った「文藝春秋」七一年三月号は芥川賞発表号である。

第六四回芥川賞の受賞者は古井由吉、作品は「杳子(ようこ)」であった。「ほとんど全委員が一致して氏を推すという、最近ではめずらしくスムーズな選考であった」と巻末の「編集だより」に当時の編集長杉村友一がしるしている。中村光夫は古井由吉を、「強さと繊細をかねそなえた、まれに見る新人」と評した。

その中村光夫をはじめとして、瀧井孝作、石川達三、舟橋聖一、大岡昇平、川端康成、永井龍男、石川淳、井上靖、このときの選考委員は丹羽文雄をのぞき、すでに故人となった。三島由紀夫は前年の十一月二十五日に自裁している。歳月の神速と歴史の非人情を思うばかりである。

〔追記〕　丹羽文雄は二〇〇五年四月に没した。百歳であった。

三、教養の厚い岩盤

一九六〇年一月、司馬遼太郎は『梟の城』で直木賞（第四十二回、昭和三十四年下期）

を受けた。もっとも熱心に推した選考委員は海音寺潮五郎であった。

海音寺潮五郎はその選評(「酔わせるもの」)に、司馬作品には吉川英治の若い頃の作品と似たものがある、「みずみずしい情感と奔放華麗な空想力がそれだ」と書いた。

「(司馬作品には——関川註)人を酔わせるものがしばしばある。これは単にうまいとかまずいとかいうことと別なものである」「なおまたこの人には近頃の若い時代もの作家の多くに欠けている知識がある」

海音寺潮五郎はそれ以前から司馬作品には注目し、デビュー作で、ほとんど話題にならなかった小説『ペルシャの幻術師』を推奨したことがあった。その小説にはモンゴル人とペルシャ人しか登場しなかった。二作目にはモンゴル人とタングート人しか出てこなかった。中央アジアという地域、それから民族の興亡への興味に発した二作は、あきらかに日本の小説概念から逸脱していた。

「その人種の、歴史のなかでの呼吸のなまぐささをおもうとき、心がふるえるようであった。もしそういう自分の気持が文章にできるとすれば、寿命が半分になってもいいとおもったりした」(「あとがき」『日本歴史を点検する』)

司馬遼太郎は「小説の概念の奴隷」になるまいという強い意志を当初から持っていた。しかし小説通の友人に「これは小説ではなく別のものだ」といわれると、やはりひどく落胆した。そんなとき海音寺潮五郎から、ほめ言葉を毛筆でしるした長文の手紙が届いた。二十二歳年長で、すでに巨匠と呼ばれる地位にあった海音寺潮五郎は、新人作家に対してねんごろであった。

「もし路傍の私に、氏が声をかけてくださらなかったら、私はおそらく第三作目を書くことをやめ、作家になっていなかったであろう」(同前)

司馬遼太郎は海音寺潮五郎を永く徳としつづけた。

ふたりの対談は六九年一月、海音寺潮五郎の那須の別荘で行なわれた。二泊三日の対談であった。二泊とはいうものの、「まる二昼夜というもの、ほんの数時間まどろんだだけ」で、あとは「聴いたり語ったり」の、長くはなばなしい清談であった。

海音寺潮五郎は書いた。

「ぼくは気むずかしい男なんでしょうか、相手によっては一時間対坐していると、あと三日くらい不愉快な気持がつづきます。自分がけがれたような気持がして、といっては言いすぎになりましょうが、思い出す度にいまいましくなって、舌打ちせずにいられないのです。しかし、司馬氏と語ったあとは、何ともいえずさわやかな気持がつづくのです。五月の晴れた日に微風に吹かれながら緑の野を歩いたあとのようなとでもたとえましょうか。そんないい気持がつづくのです」(「まえがき」同前)

海音寺潮五郎は、司馬遼太郎とのこのときの対談を、「飛雲に駕し、風に御し、碧落を翔ける」ごとくに語り去り語り来たった好ましい時間と回想した。

一方、司馬遼太郎の感想はこのようだった。

「条件さえそろえば月にさえゆくことができるが、歴史という過ぎた時間のなかにはたれもゆけない。私にとっての奇蹟は、氏とむかいあっているときのみ、自分がたしかに歴史の光景のなかを歩いているという実感がありありともつことができるのである」(「あとがき」同前)

この六九年七月、アポロ十一号が月に到達していた。

対談からほぼ九年を経た七七年十二月一日、海音寺潮五郎は逝去した。薩摩大口郷、肥後ぞなえの郷士の子であった海音寺潮五郎の最後の仕事は、評伝『西郷隆盛』であった。

「若い方が決しておわかりにならないことは、私の財布にはもう小銭しか残っていないということです。残りの時間を吝まざるをえません」といいつつジャーナリズムとの接触を断って打ちこんだ『西郷隆盛』は六巻まで刊行、八巻分の原稿は書かれていたが、未完で残された。

海音寺潮五郎への追悼文(「蒸溜された一滴」朝日新聞、一九七七年十二月三日夕刊)中で、その史伝を、「幸田露伴における史伝よりも重要な部分(歴史と人間についての感受性)において氏の史伝のほうがまさっているように思える」と書いた司馬遼太郎は、さらに「さざなみたつような笑顔」とともに海音寺のたたずまいを懐かしんだ。

「氏の対人関係をみるのに、冒さず冒されずというだけでなく、ひとから無用の恩を受けることがなく、同時に人にも無用の恩を施さず、そのくせ人間を愛情で見ようとする態度でつらぬかれていて、ある時期の英国の郷紳の通性といわれるものにもっとも似た人ではないかと思ったりした」

『新選組始末記』『父子鷹(おやこ)』『おとこ鷹』『逃げ水』などの代表作を持つ子母澤寛は、近代における歴史小説の開拓者のひとりであり、また終生旧幕臣や革命の敗北者の側に身をおいて書きつづけた作家であった。

『父子鷹』は勝小吉とその子海舟の物語、『おとこ鷹』はその続編であった。『逃げ水』は勝海舟、山岡鉄舟と並べて「三舟」と称され、ひいでた武芸ゆえに「槍の泥舟」とも呼ばれたが、維新後は市井に隠れた高橋泥舟を主人公としている。ほかにも榊原鍵吉(けんきち)、彰義隊士、仙台藩の細谷十太夫など、時代と同調しなかった主人公を多くとりあげたのは、子母澤寛自身が幕臣の孫であったという生育の反映であった。

子母澤寛の祖父梅谷十次郎は徳川の御家人であった。彰義隊で敗れ、箱館にわたって五稜郭で捕われの身となった。のち士籍を返還、六人の侍とかたらって以前松前藩の運上番屋があった石狩湾岸厚田村に入植した。そこが子母澤寛の故郷となった。

幕末の江戸弁を「古代叙事詩をきくような思いで」(司馬遼太郎)聞き育った少年は、長じて新聞記者となり、大正十二、三年頃から明治文化研究会の中心人物尾佐竹猛(おさたけたけき)、あるいは井野辺茂雄、藤井甚太郎ら歴史家に幕末期の話を聞き、紙碑としての歴史小説をこころざした。

昭和に入ると歴史の証人を訪ねて京都通いを重ねた。東京日日新聞勤務のかたわら、多い月なら五日、夜行列車で往復した。当時の子母澤寛を支えたのは、「十年やればどんな馬鹿でも並にはなれる」という尾佐竹猛の言葉であり、聞きとりや史料採集の導きとなったのは、「史料は糞でも味噌でも手の届く限り漁れ。品別はやっているうちに自然にわかって来る」という藤井甚太郎の言葉であった。

稗田利八という新選組生き残りの老人は、油小路の暗殺と呼ばれる伊東甲子太郎殺害事件の現場に駆けつけた折のことを、町屋の壁に貼りついた肉片や地面に落ちていた血まみれの親指などの描写とともに、真に迫って話して聞かせた。やがて老人は「天下がこのようになっては何処へ行っても油断はなりません」とあたりを見まわし、

「これは大の秘密でありますが」と低声で打ち明けるように話した。そして子母澤寛に向かって、「この時貴下は何処に居られた」と問うた。その声と目は、まさに新選組隊士そのものであった。

司馬遼太郎はすでに六二年、『新選組血風録』(「小説中央公論」)、『燃えよ剣』(「週刊文春」)の連載に先だって子母澤寛を訪ねていたが、本選集収録の対談「幕末よもやま」は六七年に藤沢の子母澤邸で行なわれ、「中央公論」八月号に掲載された。このとき子母澤寛は七十五歳、三年前に老妻を亡くしたひとり住まいであった。

「相手に鬼気を発せしめるというのはなんという聞き上手であろう」

翌年子母澤寛が亡くなったとき、こう司馬遼太郎は書いた(「故子母沢寛さんの「人」と「作品」」産経新聞、一九六八年七月二十三日夕刊)。

「このようにして『新選組始末記』ができた。この著述は小説ではなく、新選組という歴史的存在を足で取材したもので、ちょうど柳田国男の民俗学の方法に似ている。口碑は口碑として採集し、伝説は伝説として採集し、それを一種の科学的平明さで構成した点、そういう態度という点からみてもいまにいたるまで類書がない」

勝新太郎が主演した映画「座頭市」シリーズの原作者としてのみ知られがちな子母澤寛を司馬遼太郎は、聞き書きのなかに江戸弁や越後弁や薩摩弁を再現したその画期的な方法も含め、高く評価しつづけた。

「子母沢さんは、小説も独自の方法で書いた。みずから工夫し、だれからもその方法を学ばなかった。文壇にも所属しなかった。ひとりで藤沢にすんでいた」

「この人の『父子鷹』というのは昭和二十年代の名作のひとつだと思うが、日本の文壇には多少の偏見があって、それが正当に位置づけられるにはまだ歳月が要るかもしれない。とにかく、この人の場合、その作品だけでなく、人生そのものが一個の偉業だったように思える」(同前)

司馬遼太郎は日本近代文学を敬遠しなかった。むしろ愛した。しかし彼の文学を形成する方法と作家としての生き方においては、自己教育や「文壇」との距離を置いた冷静な接しかたの点で、いわゆる大衆小説作家から多くを学んだのである。

当時京都大学教授であった朝尾直弘との対談「近世人にとっての「奉公」」は、中央公論社から刊行された「日本の近世」シリーズの第一巻『世界史のなかの近世』(朝尾直弘編、一九九一年七月刊)の月報に付された。

中央公論社では一九六〇年代、「日本の歴史」「世界の歴史」のシリーズを刊行し、折からの歴史・教養ブームに投じて成功、経営基盤を強固なものとすることができた。

ことに「日本の歴史」シリーズは、たとえば寛文期以後の町人の富の蓄積、あるいは成熟した封建期における農村の構造などを主題とした各巻を江戸時代に配した意欲的な編集の通史として声価がつとに高かった。

八〇年代に入ると「日本の歴史」の改訂版を起こそうという気運が中央公論社内に生まれ、司馬遼太郎に相談をもちかけた。すると司馬遼太郎は、七〇年代以来新発掘・新発見のつづいた古代史から手厚くはじめたらどうかとアドバイスした。それをうけて八五年から八八年まで刊行されたのが、「日本の古代」シリーズであった。

さらに九一年、監修者に司馬遼太郎、児玉幸多（こうた）、ドナルド・キーンという、歴史書としては異色の顔ぶれを迎えて「日本の近世」シリーズが始まった。中央公論社と司馬遼太郎の密接な関係は、この対談の担当者山形真功ら編集者たちの努力のみならず、嶋中鵬二社長の司馬遼太郎にたいする濃厚な信頼感によっていた。嶋中鵬二は司馬遼太郎を大切にするあまり、重要な連絡はすべて自ら行なって、司馬遼太郎を囲いこむかのごとき気配さえ見せた。

江藤淳との対談「織田信長・勝海舟・田中角栄」は七二年九月に行なわれ、「現代」（講談社）同年十二月号に掲載された。このとき司馬遼太郎は四十九歳、江藤淳は三十九歳であった。司馬遼太郎はその性として年齢上の差別を行なわず、歳下の江藤を立てた。一方、江藤淳はやはりその性として、ときに書生風の話しかたで先輩に対した。しかし波風の立つ気配がまるでなかったのは、司馬遼太郎の座談の場ならではであった。

ふたりはいくたびか対談・座談会で顔を合わせている。そのもっとも初期のもののひとつは、六八年一月に武田泰淳、安岡章太郎と四人で行なわれた座談会で、主題は「日本的なものとは何か――乃木希典をめぐって」(『江藤淳全対話3』)であった。

この席で三十五歳の江藤淳は、乃木希典を主人公とした『殉死』を書いて間もない四十四歳の司馬遼太郎にその執筆動機を尋ね、司馬遼太郎は答えた。

司馬　さあ。うまく言えそうにないから、それについてはだまっています。ただ乃木希典というひとについては少年のころから尊敬と反感・憎悪が入りまじった気持があり、自分の内部ではずいぶんと問題のあったひとのように思います。これまで小説に書こうと思ったことがなかったのに、なぜ書いたのかな。妙だな。(……)最初は第一部の「要塞」(日露戦争における旅順攻城戦の作戦指導の物語――関川註)という項を書き、乃木希典についての私の気持がすこしは鎮まってきた。それでそのつぎを書こうとした。しかし第二部（乃木希典の、明治帝への夫人もろともの殉死を核とした物語——関川註）を書いてからかえって自分の気持が波立ってしまったような気もする。乃木という人は不思議な人ですね。

さらにしばらくおいて、こんな発言が見える。

司馬　あの思想（陽明学思想——関川註）をまともに行じようとすると——また行じねばならぬのがあの思想が強制しているところですけれども——事をなすのに成敗利鈍を考えるなというのです。行動が美であればいいというのです。それをつきつめてしまえばだれでも乃木さんの生涯とその最期のようになってしまう。

乃木希典のほか、山鹿素行、大石内蔵助、大塩平八郎、山田方谷、吉田松陰、高杉東行（晋作）、河井継之助、西郷隆盛、近年では三島由紀夫が、この学統または実践者の系譜である。陽明学ほど司馬遼太郎に似つかわしくないものはない。しかるに彼は河井継之助を主人公とした小説『峠』を書き、『翔ぶが如く』では、少なくともその前半、西郷隆盛に限りない好意を注いでいた。

江藤淳はこの座談会中、ライシャワーに「なぜ日本人は大久保利通でなくて西郷南洲が好きなんだろう」と問われたことがあるといった。

江藤　児玉源太郎でなくて乃木が好きなんだ。江藤新平が好きで、大隈がきらい。日本を今日までなんとか維持して来たのは大久保であり、児玉であり、大隈ではないか。にもかかわらず、うっかりすれば国を滅ぼしたかもしれない連中、あえて危ない橋を渡った連中をほめる。自分は何十年も日本を勉強して来たけれど、一番よくわからないのはこのことであると、ライシャワーはつくづく述懐していた。

この江藤＝ライシャワーの疑問に、司馬遼太郎はここでは答えていない。司馬遼太郎の特質である歴史的合理主義もひと筋縄ではいかないということか。彼もまた、日本型ロマンチシズムの血液を血管に流していたということか。

「現代」での対談「織田信長・勝海舟・田中角栄」が行なわれたちょうどおなじ頃、江藤淳が中心となって編集した『勝海舟全集』(講談社)の刊行が開始された。

その第一回配本は第二十巻『海舟語録』であった。「現代」の対談はむしろこの全集刊行と連動したものだろう。その巻末でも司馬遼太郎は江藤淳と長い対談を行なっているのだが（「勝海舟・その人と時代」）、そこにつぎのような発言が見える。

司馬　つまり海舟と福沢諭吉だけが、ちょっと日本歴史のなかで別格人間で、どこか地上から超越しているところがありますね。超越ということばがいいけれども、ほんとうをいえば宙に浮いている場所に自分の一点を設けている場合もある。この宙に浮いている場所というものは、海舟の場合は、つまり幕藩をなくした日本という感じ、これは抽象的概念ですわね。幕藩をなくした日本なんていうのは、当時の人が絶対に思考できない抽象的概念だった。最初にそれを明示したのがやっぱり海舟であって、それにしたがって走り出したのが西郷とか坂本龍馬である。

しかし司馬遼太郎はこのふたりの思想家、勝海舟と福沢諭吉を認めながらもついに小説の主人公とはしなかった。「走り出した」人々を好んで作中にえがいた。

一方江藤淳は自らの血筋、佐賀人であることを大いに気にしている。江藤淳の本名は江頭淳夫（えがしらあつお）、文字も読みも違うが、江藤新平とは同族である。江藤と江頭、「どちらも千葉氏を称しておって、たしか族称は平氏だったと思いますけれども」、「で、江藤さんのところは新平と同じ身分の手明鑓(てあきやり)の仲間ですね」と冒頭司馬遼太郎に指摘された対談がある(「明治維新と英雄たち」一九六九年十二月)。

江藤淳は当時、司馬遼太郎が連載していた『英雄たちの神話』を愛読していたが、おなじく毎回読んでいた安岡章太郎から「江藤新平ってえのは、おまえにわりに似てるじゃねえか」といわれた、と苦笑まじりに告白した。共通点は「論理感覚の鋭さ」(司馬)と「政治性のなさ」(江藤)である。

この対談の最後にこんなやりとりがある。そこから感じられるものは、年齢と性格の違いを超えて信頼しあうふたりの表現者の姿である。

江藤　ええ。だからぼくはね、野心とてないですけれど、多少人間ができて、六十ぐらいになって、佐賀県の知事を一回やってみたい気はあるんだなあ、ほんとは(笑)。

司馬　ああ、いいでしょう。たいへんな佐賀藩ができるんじゃないかな、また再び。

江藤　謀叛を起こして。やっぱり、予言は成就しなきゃいけないんでね、謀叛を起こして再び首をさらされる。やっぱり江藤新平はえらいけど、あのニセ江藤はだめであった、と(笑)。

六〇年代末、『葉隠』の名がにわかに高まった。『葉隠』は島原の乱から約七十年を経た十八世紀はじめ、佐賀鍋島家の家士山本常朝がしるした武士道哲学の書である。その命名は、「はがくれに散り止(とど)まれる花のみぞしのびし人にあふここちする」という西行の歌からとったとも、深い木々の青葉につつまれた城の姿にちなんだものともいわれる。

当時『葉隠』を世にひろく知らしめたのは三島由紀夫であった。六〇年代後半「武士」「行動」という言葉に憑かれたかのようであった三島由紀夫は、しきりに『葉隠』を口にした。六九年、中央公論社から「日本の名著」第十七巻『葉隠』が奈良本辰也の現代語訳(駒敏郎との共訳)および編集・解説で刊行されたとき、三島由紀夫は推薦文を寄せた。

「噴水が天に冲するやうに、闇夜をつらぬいて、一つのきはめつきの真実、裸かの怖ろしい絶対の真実が吹き上げたのが「葉隠」といふ本である」

『葉隠』は戦前には読まれたが、戦後はまったく顧みられなくなっていた。

奈良本辰也も昔読み、「ひどく偏狭な思想だなと思った」覚えがあった。しかし戦後、「人々がそれを破れ草履のように脱ぎ捨てた頃」「何の気なしにそれを読んでいて、ふと思い当る言葉があったのだ」(奈良本辰也「あとがき」『小説葉隠』)。

それはグウルモンの「思想の偉大さはつねに極端論のなかにのみある」という一行だった。松山高校から京大と、戦前のドイツ哲学全盛期を通過した奈良本辰也は、フランス哲学者のしめしたヒントから、日本の「極端論」のおもしろさに目をひらかれたのである。

六〇年代後半という時代相の中で、彼はこのように考えた。

「常朝の時代にあっても儒教主義の下に人間の類型化が進行しており、空疎な徳目によって、個性ががんじがらめに縛りあげられようとしていたことである。現代の日本における民主主義が空洞化して、多数を頼む者のみが、自らの地位に安住するという状態と対比して考えるべきであろう」「さらに言えば、今日、もっとも理性的に行動しようとすれば、もっとも非理性的にならざるをえないのではないか、というようにも思われるようになってきたのである」(『日本の名著』第十七巻『葉隠』解説「美と狂の思想」)

三島由紀夫はこのほぼ一年後、「非理性的行動」を爆発させて自死した。

「人生は一行のボオドレエルにも若かない」と神経の疲労した芥川龍之介はいったが、奈良本辰也は、歴史書には二、三行しか出てこない人物、たとえば河井継之助の人生を「壮大なスケールを持って地平線上に浮びあが」らせる司馬遼太郎こそ、「その人物を、そして生命をまるでデクの坊くらいにしか考えていない歴史学者」たちとは対極に立っていると考えた。『燃えよ剣』の土方歳三などは教科書には一行も出てこない。しかし司馬作品を読めば「時代というものが大きく浮き上り、人間のすさまじい生き方に、人間それ自体を観照できるような気がする。歴史を読むというのはまさにこのようなことだろう」(『司馬遼太郎全集』1月報)。

橋川文三との対談「吉田松陰の資質と認識」は、七二年から七四年にかけて大和書房によって刊行された『吉田松陰全集』の月報(第五巻、第六巻)に掲載された。七一年、吉田松陰を主人公とした『世に棲む日日』をすでに書いていた司馬遼太郎との対談は、橋川文三が望んで実現したのである。奈良本辰也の希望により行なわれた対談「日本人の行動の美学」も、『葉隠』の月報に収められた。

これらの月報は七四年に再編集され『吉田松陰を語る』というタイトルで単行本化されたが、橋川文三は司馬遼太郎のほか松本三之介とも対談をし、さらに巻末に「松陰イメージの可能性」という原稿を寄せている。また奈良本辰也は、河上徹太郎、桑原武夫、海音寺潮五郎と対談し、「吉田松陰の生涯」という原稿を巻頭に置いた。橋川文三と奈良本辰也のふたりが当時、吉田松陰研究の最先端であった。

芳賀徹との対談「坂本龍馬の魅力」は、中央公論社発行「歴史と人物」一九七八年四月号に載った。

これより前、七二年には、東大教養学部の教員たちが集って、『坂の上の雲』を論ずる大座談会を催したことがあった。参加者は平川祐弘、木村尚三郎、鳥海靖と芳賀徹であった。彼らはこぞって、「面白い。これで日本の歴史学の固陋(ころう)で偏頗(へんぱ)な、近代暗黒史観が払拭される」と感心した。司馬遼太郎の方法の根底には史料の博捜があると見通した芳賀徹はのちに、「すごいね、一人で日文研やってたようなものだね」といった。

八一年は東大教養学科三十周年にあたった。誰かに記念講演をしてもらおうという話になったが、人選で難航した。なにしろ教養学科の分科は、米・仏・アジアなど地域研究、国際関係論、文化人類学から科学史まで多岐にわたっている。紛糾しかけたとき、ふと司馬遼太郎の名前が出た。するとみんな「なるほど」とうなずいた。

「教師・学生また卒業生の意向をあわせて今日の日本で考えうる最大公約数の人だ

ったのである」(芳賀徹「司馬さんと駒場」『司馬遼太郎全集』35月報)

そして講演は、「中国・朝鮮・日本、そして貨幣と儒教と製鉄技術と役人道の問題をおおう、遠大で大胆で、しかも個人的見聞と見識とに裏打ちされた名講義」であった。

大江健三郎との対談「師弟の風景――吉田松陰と正岡子規をめぐって」は「別冊文藝春秋」八五年秋号(第一七三号)に掲載された。これは、その年の三月に放映されたNHK教育テレビの「NHK教養セミナー」の誌上採録で、同誌編集長であった湯川豊の希望で実現した。ビデオテープは湯川豊が大江健三郎から借りた。

旧制中学一年生のとき、「教育なんて人からされるものじゃない、自分で自分を教育する以外にない」と教科書の裏に書いた司馬遼太郎と、四八年、新制中学二年で子供農業協同組合の組合長に選ばれて以来学校を好むようになった大江健三郎が、世代と考え方の違いを超えて談笑している。

司馬遼太郎はここでも先輩風を吹かせることなく、逆に大江を立てすぎることもなく、対等の人間同士として話していたという印象が湯川豊には強く残った。

四、「陰鬱な不機嫌」とは生来無縁の人、自律の人

萩原延壽(のぶとし)との対談「日本人よ〝侍〟に還れ」は、その前月の「現代日本に「文明」はない」に続けて「文藝春秋」一九七二年三月号に載った。七二年二月号は「文藝春秋」五十周年記念号であった。特集は「新しき日本を探る」と題され、司馬・萩原の対談のほか、永井陽之助、江藤淳、陳舜臣が執筆した。ほかに松本清張、川端康成、井伏鱒二、井上靖、小林秀雄らが書き、「短篇小説特集」には永井龍男、吉行淳之介、三浦哲郎が名を連ねた。

またこの号では五十周年にちなんで、「文藝春秋」の戦後の話題の記事を再録している。それらは、「敗けに乗じる」長谷川如是閑(一九四五年十二月号)、「天皇陛下大いに笑う」辰野隆・徳川夢聲・サトウハチロー(一九四九年六月号)、「東京ジャングル探検」坂口安吾(一九五〇年六月号)、「共産主義的人間」林達夫(一九五一年四月号)、「進歩と自由を弄ぶ知識人」臼井吉見(一九五六年十月号)、「共産主義のすすめ」大宅壮一(一九六〇年十月号)、「ソヴェットの旅」小林秀雄(一九六四年二月号)、「エリートの責任」福原麟太郎(一九六五年六月号)などであった。

すでに『馬場辰猪』『陸奥宗光』の評伝で知られた萩原延壽は、このとき、七六年から「朝日新聞」に連載を開始する『遠い崖――アーネスト・サトウ日記抄』の準備に入っていたが、対談の行間からは、この生涯在野でありつづけた歴史家に対する司馬遼太郎の篤い信頼感がたちのぼってくる。長編『遠い崖』の完結後、司馬遼太郎は自らが選考委員を依頼された新設の新潮学芸賞に、萩原延壽をも委員として招いたらどうかと進言し、ふたりの節度を保った交際は司馬遼太郎の死までつづいた。

ヒュー・コータッツィは元駐日英国大使、司馬遼太郎より一歳の年少である。ロンドン大学に学んで現代日本語で学位をとり、外務省入りして八〇年から八四年まで駐日大使をつとめた。退官後は著述に専念、『東の島国 西の島国』(一九八四年)、『ある英人医師の幕末維新』(一九八五年)を著した。九一年、コータッツィが大阪府制定の第九回山片蟠桃賞を受けて来日したのを機に「中央公論」が対談を企画し、「英国の経験 日本の知恵」は同誌四月号に掲げられた。

山片蟠桃は一七四八年(寛延元)、司馬遼太郎の本貫の地とおなじ播州に生まれ、大坂の主家升屋(ますや)に奉公にあがった。その頃升屋は米の仲買から大名貸しに向かう時期にあたっていた。一七七二年(明和九、安永元)に升屋が傾き「身上投出」の危機に陥ったとき、蟠桃が経営の前面に出てこれを再建した。

一七九〇年代(寛政年間)になると升屋は、仙台、尾張、水戸、越前、佐賀、弘前など四十藩以上を取引相手とし、のちに蟠桃は仙台藩財政再建にも協力した。五十歳頃から彼は合理主義哲学の著述に手を染め、一八二〇年(文政三)、七十二歳でその代表作『夢の代(ゆめのしろ)』を完成した。「蟠桃」とは三千年に一度結実する伝説上の桃のことだが、読みは「番頭」に通じる。諧謔に富んだ雅号である。

八二年、大阪府が賞の制定を企図して、日本文学に贈る「井原西鶴賞」を発想したとき、相談にあずかった司馬遼太郎は、「西鶴賞」では他の自治体との「小さな競争」に埋没する、そのうえ国内文学賞はすでに無数にあるとして、対象者を「日本文化の海外紹介者」に限定した「山片蟠桃賞」を提案した。司馬遼太郎の隠れた業績のひとつである。

ヒュー・コータッツィと司馬遼太郎の対談の席は九一年二月七日に設けられたが、年初から世界は激震していた。前年八月にイラクのクウェート侵攻があり、アメリカと西側主要国の強い意志を反映した国連の、サダム・フセインに対する懇願とも圧力ともつかぬ交渉が展開された。

この間、日本もまたPKOを通じてイラク包囲に協力することを強力に要請された。

しかし平和になずんだ日本の反応は鈍かった。かといって原油を中東、とくにクウェートに大きく依存する立場、および国際協調の原則からも傍観はならず、結局軍事負担を金銭で代替する方向に定まった。湾岸戦争の開戦は一月十七日であった。

コータッツィとの対談の前日、司馬遼太郎は「文藝春秋」の連載『この国のかたち』の月例原稿を書いた。「脱亜論」と題されたそれは、福沢諭吉がその晩年に説いた「脱アジアの思想」をとりあげ、韓・清の「無礼」と「蒙昧」を、福沢は当時の世界情勢分析と合理性の観点から「革命をおこした国の倨傲」の口調で難じた、という内容であった。

福沢諭吉は、あえて文明とハシカを並列して論じた、と司馬遼太郎は書いた。

「ハシカはろくでもない病気だが、文明のほうは利益が多い。大いに〝蔓延〟させたほうがいい、と説く。この場合、福沢は文明の機能を、法によって治められる状態とし、非文明を専制であるとする。法のもとで万人が平等であるというのは幸いではないか。／でありながら、清国・韓国の政治は一国の戸障子(としょうじ)を閉めきって、牢居(ろうきょ)の姿勢をくずさない」「いっそハシカに感染してしまえ、免疫をえて一生感染しなくなるのだ、と福沢はいう」(『この国のかたち』第六十一回「脱亜論」)

世界の趨勢(公＝スタンダード)とナショナリズムは、もともと矛盾するのである。それは、福沢が「脱亜論」を唱えた十九世紀末の東アジア情勢も、二十世紀末中東情勢もかわらない。

しかし司馬遼太郎は、アメリカが信ずる「正義」と、「正義」を実行する「蛮勇」に対して危惧の念を禁じ得なかった。そこで、書き終えた原稿の末尾にさらに数行加筆して郵送した。

それは以下のくだりであった。

「ついでながら、いま湾岸でおこっていることも、公的な物差し(スタンダード)というものと、土着のナショナリズムとの相剋の問題である。しかしアメリカ以外にアラブに〝脱亜論〟を勧めるような〝勇気〟は、いまの地球上にさほど多くはない。結果が、自国にとって手ひどいことになることを知っているからである」(同前)

コータッツィとの対談は司馬遼太郎にとって刺激に満ちたものであったらしく、その二日後の二月九日、早々と返送したゲラには編集長宛てのつぎのような手紙が添えられた。

「一昨日、元駐日大使、サー・ヒュー・コータッツィと一晩非時局的なことを話しあいました。末尾で、サー・ヒューは土井たか子さんのことをののしりはじめました。あの非軍事的局面の最後の段階で、デクエヤル国連総長とフセインとの会談に全地球が固唾をのんで期待していました。そこへ土井さんがのりこんできて、他愛もない話をして、デクエヤルに予定されていた時間を八時間も(!)食ってしまったというのです。

英米仏の外交関係者は、彼女を強く批判していると聞きました。

「自衛隊を難民輸送用にもよこさぬとなれば、戦後日本の立場は極度にわるくなるでしょう。どの国も、戦後の傷みを覚悟しているのです。日本だけが無傷でいようとしている。とんでもないことになります」

ついでながらコータッツィさんは、知日派だけでなく親日派で、ときに日本人以上の愛日心をもっています」(関川夏央『司馬遼太郎の「かたち」』に収録)

九一年にはソビエト連邦が消滅する。戦後日本を育んできた温床ともいうべき東西冷戦構造が崩れたのである。

しかし日本人はいまだバブル経済の余光を追っている。「左翼」と「右翼」、ともにその存在理由の足元が乾いた砂のように流れているというのに、なんら危機意識は感じられない。目先の情況に対応するだけで事足りてきた「戦後日本」は、自動操縦の航路を見失って漂流しはじめたのである。巨大な常識人たる司馬遼太郎はこの時期、孤独であった。

「私は司馬さんとの対談だけはいつも跳びつくやうにして引き受けることにしてゐる」(『司馬遼太郎全集』31月報)と書いた山崎正和との対談「近代化の推進者 明治天皇」は「文藝春秋」七四年二月号にあらわれた。山崎正和はその前年の七三年以来、たびたび司馬遼太郎との対談を行なっており、これもその流れの中にあった。

山崎正和は書いた。

「司馬さんがものごとに怒る場面は想像できるが、陰鬱な不機嫌といふものは思ひ描くことさへできない。不機嫌とはひと言でいへば、自分の感情を説明なしにさらけ出すことであり、自分の感情について他人と共通の理解を持つことを拒絶する態度だといへる」(同前)

「不機嫌」という独特の態度こそ、漱石・鷗外にはじまる日本近代作家の宿痾(しゅくあ)のひとつだと考える山崎正和は、司馬遼太郎にそれがみじんも見えないのは、「文壇」に一定の距離を置いた司馬遼太郎の処世のみによらず、甘えを嫌い、「自分で自分の気持ちを引き立てることをいはば生活の義務として教へこまれてゐる」都会人の生活原理からよってきたっているのだとした。

長らく日本近代史について著作しながら、なぜ日本は昭和の錯誤を踏んだのか考えつづけた司馬遼太郎は、やがて「統帥権」の問題につきあたる。

樋口陽一との対談「明治国家と平成の日本」の根本的な動機はその「統帥権」の解明にあった。これ以後も司馬遼太郎は樋口陽一に直接面談し、あるいは手紙でいくたびも問うた。その成果は『この国のかたち』で生かされた。

榎本守恵（もりえ）は北海道教育大教授、五〇年代はじめ以来、北海道の僻地（へきち）教育を研究してきた権威だが、北海道教育界以外では知られていない人である。

「週刊朝日」長期連載の『街道をゆく』は七九年一月から「北海道の諸道」が始まっていた。そのための、いつもながら入念な準備の過程で司馬遼太郎は、松前藩家史『松前家記』を読んだ。そこには、「松前氏、本（もと）武田氏、源義光ニ出ヅ。義光ノ曾孫ヲ信義ト曰フ、武田ヲ氏トス」とあった。

武田氏は足利六代将軍義教の治世下、若狭を領した。これを甲斐源氏武田氏に対して若狭武田氏といった。

『松前家記』によると、その裔（すえ）に信広という者が出た。父に忌まれて数人の家来とともに出奔、いったん足利在に住み、ついではるか陸奥へおもむいて下北半島蠣崎（かきざき）氏のもとに身を寄せた。さらにエゾへ渡って道南蠣崎氏を頼ったとき、コシャマインの乱が起こった。武田信広は一時圧倒的な強さをしめしたコシャマインと、武勇と謀略をもって戦い、その人を討った。この混乱のさなかに彼は勢力を張り、松前に根づいて松前氏を名のった。松前氏は信広・光広・義広の三代で道南に地歩を固め、田地をもたぬ唯一の大名として江戸時代をまっとうした。

だがこの家譜は粉飾である。

「「たぶん若狭あたりの商人かなにかであろう」

と、『北海道の歴史』に北海道教育大の榎本守恵教授が書いておられるのは、するどい推量といっていい。室町期は海外をふくめた日本史上最初の貿易時代であった。日本海航路の一要衝である若狭から、遠洋用の船を持った冒険商人のグループが出てきてもふしぎではない」(『街道をゆく』のうち「北海道の諸道」)

榎本守恵との対談「さいはての歴史と心」(「週刊朝日」臨時増刊、一九七九年七月五日号)は、この『北海道の歴史』の読書体験から発想された。

西澤潤一は、光通信の三大基幹要素、発光素子・伝達線路・受光素子のすべてを発想・発明した人である。宮城県立仙台二中から二高、東北大学とすすんだ生粋の東北人である西澤潤一は、KS鋼の本多光太郎、八木アンテナの八木秀次をはじめとする東北大学の世界的独創人脈のひとりであった。

海軍で山本五十六、米内光政と並んで智将と称された井上成美も県立仙台二中の出身である。開明的軍政家、軍学校の教育者として名高い井上成美だが、サンゴ海海戦においては有効な追撃戦を行なわずあっさりと引いて、「戦争ベタ」といわれた。このあたりの事情を入り口に「適材適所」という考えが対談では展開された。

この対談「日本人は精神の電池を入れ直せ」の行なわれた九〇年二月は、バブル経済末期である。同時に「戦後」を支えた東西冷戦体制が終りを告げようとしていた時期である。そういうときこそ「適材適所」の考えに基づく柔軟さが必要なのに、学歴偏重と官僚主義がはびこり、文民統制ではなく事実上の文官統制が日本社会にはびこっている、そのような強い危機感が対談の背景にはあった。

西澤潤一のもとには、毎年司馬遼太郎から盆暮れの厚誼の品が贈られた。それはいつも花であった。九五年暮れに届いた花が散って間もない九六年二月、司馬遼太郎の訃報が西澤に届いた。

「国の宝を失った」

と西澤潤一はしばし茫然とした。そしてこのように司馬遼太郎を惜しんだ。

「日本が危機的状況にある時代だけに、自分たちの総合体としての国のことを絶えず考えておられた司馬さんの死が惜しまれてならない。私の世代の言葉でいえば、まさに「国士死ス」である」(西澤潤一「明治の「適材適所」の精神よ、甦れ！」「プレジデン

ト」一九九六年四月号)

五、視野広くあろうとする意志

ドナルド・キーンとの対談「日本人と日本文化」は一九七一年に行なわれた。対談を収録した中公新書『日本人と日本文化』は翌七二年に刊行されたが、その巻頭に置かれた「はしがき」で司馬遼太郎はドナルド・キーンについて、つぎのように書いた。

「ドナルド・キーン氏と私との間を強いて関係づけるとすれば、太平洋という水溜まりをへだて、あの戦争を共同体験したという意味において互いに戦友であったという以外にない。残念ながら私にとってあの戦争がどういう意味をもっていたかは自分ではよくわからないが、すくなくとも日本文化という一個の世界からみればあの戦争がなければこの文化はドナルド・キーン氏という天才を所有することができなかったであろうということだけはいえる」

「このひとほど少年のころの彼を容易に復元できる人に接したことがない。小鳥の柔毛のように美しいまつ毛の下の瞳には、いつも少年のような愕きやすさが用意されていて、しかもその知的好奇心や感受性でとらえたものごとを、とらえるとすぐ蒸溜しきって真実を滴らせる焰が燃えつづけているという感じである。この焰は、ニューヨークの薄暗い地下鉄の座席にすわりながら、自分が採集してきて書きとどめた漢字をみつめ、そのふしぎな魅力とそのむこうにある未知の文明を想ったという少年のころから不断の燈明のように燃えつづけてきたものであろう。戦争はこの少年を、日本語を学ばせるという運命にひきずりこんだ。やがて日本文学という人類がもった特異な世界に力強い普遍性のつばさを付けるという仕事をこのひとはになった」

七一年のはじめ頃、中央公論社の編集者岩田晶は社の会長であった嶋中鵬二に呼ばれて、こういわれた。

「ドナルド・キーンが三島由紀夫の自決にショックを受けている。安部公房などの仲間はいるが、本当の心の友がいない。キーンのケアをしてくれ」

三島由紀夫の自決はその前年、七〇年十一月二十五日、市ケ谷台の自衛隊東部方面総監部においてであった。中央公論社が洋上大学を主催したとき、講師としてのキーンを世話して以来の仲であった岩田晶は、ともに美術館や音楽会をめぐるうち、やはり何か仕事をしてもらおうと思い立った。

岩田晶は司馬遼太郎との、古代、中世、近世、近代の四つのパートに分かれた長尺な対談を構想した。ふたりは事実上の初対面である。事実上の、とは司馬遼太郎の新聞記者時代に留学生であったドナルド・キーンと京都で顔を合わせていた可能性があったからである。

両者ともセンシティブな人柄であるので、まずふたりで散歩してもらい、しかるのちに対話してもらうという趣向を考えた。具体的には、古代の場合、平城宮趾を発掘責任者の坪井清足(きよたり)氏の案内で歩いてもらう。そのあと奈良ホテルで。中世は、銀閣寺の庭を散策してから銀閣「方丈の間」で。近世は、蘭医・緒方洪庵の適塾を見たのち司馬の好む大阪船場の料理屋「丸治」で。そして近代は、江戸城(皇居)を見たあとしかるべき場所で、という計画であった。

司馬遼太郎は即座に、「ええなあ」と反応した。しかし、といって、つぎのようにつづけた。

「実は数日前に嶋中さんが訪ねてこられて、『街道をゆく』をめぐって歴史学者の児玉幸多さんと対談をしないかといわれている」

中央公論社では、会長の嶋中鵬二を飛び越して編集者が直接司馬遼太郎に連絡をつけるのはタブーとされていたのである。

岩田暠はいった。「では、司馬先生がどちらかお選びになってください」。

司馬は答えた。「そりゃキーンさんとの方がたのしいだろう」。

帰社した岩田晶が、ことのあらましを嶋中鵬二に報告すると、司馬の最良の理解者を自任する嶋中は激怒した。だが、ひとしきり怒ったあとで、「ところで、その企画をぼくにくれないか。ぼくの企画はとりさげるから」といった。

一方、対談の企画を持ち込まれたドナルド・キーンは迷っていた。だいいち、司馬遼太郎の本を一冊も読んだことがないのである。編集者は司馬の本を何十冊も送ってくれたが、手を出しかねていた。

こんな不安もあった。善意の日本人に限って、「日本の明治という時代にソーセキ・ナツメという日本人の小説家がおりましたが、お聞きになったことがあるでしょうか」などと言い出すのである。そのうえ、場所を転々としながら本一冊分、というような長い対談の申し込みははじめてだった。

すると司馬遼太郎からの注文がキーンのもとに届けられた。

ひとつは、意外にも前もって自分の小説を読んでこないこと、というのであった。もうひとつは、東京での対談はやめにして、対談場所は関西から離れない、というものだった。ドナルド・キーンの憂いは払われ、対談に臨む勇気が湧いた。

対談は本文中に見るごとく、なめらかに、また活発に運ばれた。しかし現場での当初、キーンは司馬の博識に圧倒される思いを味わっていた。一回目、平城宮趾から奈良ホテルの対談ではキーンは深く疲労した。

キーンはのちに回想した。

「正直言って、私とても、自分の知識を堂々と開陳し、自分がこの会話の達人の相手にふさわしいことを、証明したかった。ところが、私ときたら、いつ口をはさむ機会が来るか、皆目見当がつかず、今度は言ってやろうという、意見のあれやこれやを、絶えず頭の中で、探し続けていなければならなかった。二時間程しゃべって一回の対談が終わると、私はもう消耗の極に達していた」(ドナルド・キーン『声の残り 私の文壇交遊録』)

二回目の対談は京都の銀閣寺である。一回目の対談だけは岩田晶が担当したが、その後は岩田のプランに基づいて、嶋中鵬二とおなじ東大独文科の出身で、嶋中のよき後輩を任じていた金子鉄麿(かねまろ)が担当した。金子は神山圭介の筆名で作家活動も行ない、七六年には芥川賞候補となった人である。

参観者がひけてしまった夜、その方丈に日頃この寺では用いることのない電気を引きこむため、手のこんだ準備が行なわれた。カメラマンは絵柄を得て勇躍していた。

「銀沙灘(ぎんさだん)のむこうの紺色の空に片鎌の月があがっていた。まるで芝居の書割のようで、中央公論社がわざわざ月を打ちあげたのではないかとおもわれるほどにおあつらえむきの風景であった」(「はしがき」『日本人と日本文化』)

しかし寒気は増した。近代文学者中、作風は正反対でもその敬愛する志賀直哉とならぶ希代の寒がりであった司馬遼太郎は、後刻予定されていた料理屋へ早々と席を移そうといいだした。カメラマンは深く失望したが、キーンにとっては渡りに船だった。三度目の対談は、はじめ適塾の赤茶けた畳の上で持たれ、船場の料理屋の二階に移った。そのときキーンがふと、「このあたりは、たしか芭蕉の終焉の地でしたね」といった。

司馬遼太郎は大阪に住む者として案内せざるを得なかった。しかし、終焉の地「花屋」の碑は簡単には見つからない。御堂筋をあちこち歩きまわった末に、歩道脇の小さな緑地に建つそれを発見した。キーンが暗がりに顔を寄せて碑面をたんねんに読む間、司馬はマッチを何本も擦って助けた。そのあと彼らは北の方へ向かうタクシーを拾おうとして御堂筋の路傍に立った。が、南行きの車ばかりで北行きはなぜか一台も見当たらなかった。

しばらくしてキーンがいった。「ここは司馬さん、一方通行ではないでしょうか」。

それから司馬はキーンをこころもとなく案内して、ようやく車が北流している道路にたどりついた。歴史小説に「俯瞰」という視点を駆使して、人々の営みたる歴史の大局と大筋を見失うことのなかった作家であり、また歴史地理学とも呼ぶべき方法をはじめて小説に持ちこんで新たな地平をひらいた司馬遼太郎だが、平生はひどい方向オンチであった。

対談を重ねるうち、繊細なキーンもくつろいだ。

「(司馬と対する席で味わった――関川註)いかに自分が力不足だったかという、私自身の印象とは裏腹に、彼は私の学識をだんだん評価してくれるようになったらしく、以後何度となく、そのことを、いろんな所で表明してくれたものだった」(前掲『声の残り 私の文壇交遊録』)

対談後、ドナルド・キーンははじめて司馬遼太郎の作品を読み、こんな感想を持った。

「(司馬遼太郎の作品が――関川註)完全にフィクションだと見える時でも、それを読む読者の耳には、その本の内奥から響き出る、とびきりすぐれた教養人の声が、聞こえて来る。ナショナリズムの暴力的な表現が、国々を引き裂いている今日のような時代には、自分の国というものがなくても、独自の文化を持ちこたえて来た、例えばバスク人などに対する司馬の愛着心は、容易に理解出来るのだ」(同前)

ドナルド・キーンは、日頃人物評価がとても厳しかった安部公房が、なぜいつも司馬遼太郎をほめていたのか、その理由が腑に落ちた。そして、大陸で育った安部公房と、バスクに強い興味を抱いた司馬遼太郎は、共通するなにものかを持ち合わせていたのだという「発見」におよんだ。

「司馬さんの理想と、安部さんの理想が近いのではないかということです。安部さんは国家というものがとてもきらいで、文化はあっても国家をもたない民族というものを理想と考えていました。司馬さんも同じようなお考えで、国家のために人を殺すとかいう行為が繰り返され、国家というものは醜いものだと。だからこそ、司馬さんはバスクに興味をもったのではないかと思います」(夕刊フジ編『司馬遼太郎の「遺言」』のうちドナルド・キーンの項)

時を経て一九八二年、ドナルド・キーンと司馬遼太郎は朝日新聞社が主催したシンポジウムで同席した。ひきつづいた夕食会で司馬遼太郎はキーンに近づき、その前にすわっていた朝日の重役に、突然「朝日新聞はダメです」といった。驚いた重役は、「どうしてですか」と問い返した。

司馬遼太郎はいった。

「明治時代の朝日新聞はたいした新聞ではなかったけれども、夏目漱石を雇うことによっていい新聞になりました。いまの朝日新聞はドナルド・キーンを雇わなければいい新聞にはなりません」

キーンは司馬が冗談をいっているのだと思った。当の重役もそんな空気で、一同笑ってその場は終った。しかしひと月後、朝日新聞から客員編集委員に、という話がキーンにもたらされた。また六十歳のその年、彼は司馬遼太郎が命名し、大阪府が「日本文化の海外紹介者」に贈るために制定した「山片蟠桃賞」の第一回受賞者ともなった。

ドナルド・キーンは九二年、七十歳まで朝日新聞客員編集委員をつとめ、この間『百代の過客』などを紙上に連載した。同年、彼はコロンビア大学をも定年退職したが、そのとき司馬はわざわざニューヨークまで出向き、「祝う会」でスピーチをした。全然泣かない人間であったキーンだが、このときばかりは涙がにじむのをおさえることができなかった。

それより少し前、八九年から九〇年にかけて、司馬遼太郎とドナルド・キーンは再び長い対談を中央公論社の肝煎りで行なった。それが、日本近世の評価を入り口として現代日本へと至る『世界のなかの日本』であり、「十六世紀まで遡って見る」と副題が付された。

対談は八九年八月、十二月、九〇年六月とやはり三度に分けて行なわれ、その三度目にふたりが膝を交えたのは京都・大徳寺孤篷庵(こほうあん)であった。

司馬遼太郎は、ドナルド・キーンを「懐しい人」と形容し、「このような不思議な思いを持たせる人は、ほかに思いあたらない」と書いた。

「それほど、この人の魂の質量は重い」「そのくせ、ひとと対(む)かいあっているときは軽快で、この人の礼譲感覚がそうさせるのか、他者に重さを感じさせない」(「懐しさ」『世界のなかの日本』)

アレックス・カーは一九五二年生まれである。ワシントンDCの小学生のとき、すでに学校で中国語を課されたという風がわりな経歴を持つ彼は、六四年、十二歳のとき父の転勤に従って横浜本牧の米海軍基地に住んだ。のちエール大学に進み、日本学を専攻した。

卒業後、ローズ奨学生に選抜されて、とくに強く望んだわけではないがオックスフォードに留学し、中国学を学んだ。その学寮に入るとき、アレックス・カーは儀式として学長に引きあわされた。教授が「ミスター・カーです。アメリカ人です」と紹介すると、学長は「そうか、植民地の者か」といった。

「そう言って学長はやっと僕に向かって話しはじめました。

「植民地の者よ。君は中国の古典をこちらで勉強する気か？　古典というのはきびしいものだ。なまけるではないぞ」」(アレックス・カー『美しき日本の残像』)

カーはこの、「文明の目盛りが数百年単位」である大学で「植民地人」として学び、七六年にはチベットについて書いた文章で、その昔オスカー・ワイルドも貰ったことがあるという「オックスフォード大学総長英文随筆賞」を受けた。

卒業後再来日して、四国の山中、祖谷（いや）の民家に住んだ。土地は百二十坪で三十八万円、十八世紀に建てられたという家はタダだった。近代化を呼号しつつ醜く変貌しつづける日本の都市を嫌ったのである。

京都でさえ彼は好まず、収入を得るために勤めたのは京都から西へ離れた亀岡の大本教本部だった。昔は尼僧の庵だったという四百年前の廃屋を長年かけて手入れして、そこで暮らした。

「京都は京都が嫌いなのです」

とアレックス・カーは書いた。

「それは世界の文化都市の中で唯一の例かも知れません。ローマはローマを愛している。（……）でも、京都市民は京都は「東京」ではないという事実に耐えられません。なるべく東京に近づこうとしていますが、それでも京都は東京に追いつかない、という情けない気持ちになっています」（同前）

このようなアレックス・カーには、日本古美術が「見える」のである。司馬遼太郎はそれを「異能」と呼んだ。

『美しき日本の残像』に、以下のごときくだりがある。

「七、八年前に面白い屏風を手に入れました。その屏風は一双の墨絵の山水画ですが、普通の墨絵ではありません。紙面に墨がちょっとしか付いていなくて広い空白がありました。空白のなかに墨が所々に「投げられた」という感じでした。しかし、よく見ると、墨の跡から山の形が朧に浮き出て、全容が何となく「山水」の景色になっています。この絵は室町時代に流行った「破墨山水」によく似ていました」

彼は八方調査の末に、それが雲谷派の画家、江戸初期寛文年間を中心に活動した等哲の作品、それも雪舟風「破墨屏風」としては唯一の作であることをつきとめたのである。

アレックス・カーが日本文でしるした『美しき日本の残像』は九四年、司馬遼太郎が選考委員のひとりであった第七回新潮学芸賞を受賞した。司馬遼太郎は「選評」としては異例に長い原稿を付してカーを紹介し、かつその仕事をたたえながら、「読後、心を明るくした。これほど日本の暗さが描かれた本もすくないのだが」という原稿末尾の一文をそのまま長いタイトルとした。

ふたりの対談「アメリカからきた日本美の守り手と」は、受賞後の十月、京都で行なわれ、翌九五年「週刊朝日」一月六・十三日合併号に掲載された。

山本七平との対談は一九七六年から七七年にかけて三度、「文藝春秋」誌上で行なわれた。

山本七平は、『ある異常体験者の偏見』(一九七四年)、『私の中の日本軍』(一九七五年)、『一下級将校の見た帝国陸軍』(一九七六年)など、自分の軍隊体験、実戦体験から起こした「日本軍論」「日本論」を書き、当時すでに「山本学」と称されるほどに独自の領域を確立していた。司馬遼太郎との組合わせは、まさに「大型対談」といえた。意外にも初対面であったふたりの対談は、しかし、本選集に採録した「リアリズムなき日本人」(一九七六年九月号)、「田中角栄と日本人」(一九七七年一月号)、「日本に聖人や天才はいらない」(一九七七年二月号)の三本以外は存在しない。

七六年九月といえば、毛沢東が没した月である。雑誌は前月発売だからこのニュースはまだ話題となっていないが、ひとつの世界史的転換点であった。同月の「文藝春秋」誌上には、第七十五回芥川賞受賞作として村上龍「限りなく透明に近いブルー」が掲載され、司馬遼太郎の大作『翔ぶが如く』第五巻(全七巻)の刊行予告が見える。

一九二一年(大正十)、東京に生まれた山本七平は司馬遼太郎の二歳年長である。その両親はともに和歌山県新宮の出身であった。またともに内村鑑三の弟子の無教会派のクリスチャンで、やはり新宮の医師で「大逆事件」でいわれなく処刑された大石誠之助の親戚であった。安息日たる日曜日に生まれたので「七日目の平安」から七平と名づけられた息子は、青山師範学校附属小学校、青山学院中学部と進み、十五歳で受洗した。

四二年、青山学院高等商業学部を戦時下に繰り上げ卒業すると、二十歳で近衛野砲兵連隊に入営、翌年一月、甲種幹部候補生となった。豊橋の陸軍予備士官学校で十カ月間学び、四四年五月末、フィリピンに送られた。七月、予備役野砲少尉に任官、第十四方面軍第一〇三師団砲兵隊に編入されてルソン島北岸で勤務した。この年十月から十二月にかけてレイテ戦が行なわれて、日本軍必敗の形勢が明白となった。

山本七平は四五年一月から実戦に参加し、後退を重ねた末、七月はじめに戦線は崩壊、まさに九死に一生を得て終戦を迎えた。一年四カ月間米軍の収容所ですごし、四七年一月一日、佐世保に帰還した。

編集者となったのは一九五〇年、満二十八歳のときで、山本書店をおこしたのは五八年、三十六歳のときである。

四十八歳となる七〇年五月、『日本人とユダヤ人』をイザヤ・ベンダサンの筆名で山本書店から刊行すると、それは筆致とデータのたしかさのみならず、当時の日本社会の「日本人論好み」に投じて空前のベストセラーとなった。同時に謎の著者探しがはじまった。

『日本人とユダヤ人』は七一年、第二回大宅壮一ノンフィクション賞を受賞した。架空の人物イザヤ・ベンダサンはむろん出席せず、山本七平は当初、あくまで「代理人」の立場をつらぬこうとした。その直後、四十九歳の彼ははじめて山本七平名義で「イザヤ・ベンダサン氏と私」(「諸君!」一九七一年五月号)を書いた。しかしイザヤ・ベンダサンと自分が同一人物であるとみとめたのははるか後年のことで、それもなしくずしに承認したのである。

一九七二年、これもはじめて語る自らの軍隊体験「なぜ投降しなかったのか」(「文藝春秋」一九七二年四月号)を発表、やがて短期間のうちに論客として広く知られるところとなった。

その七二年一月、グアム島の密林中で横井庄一伍長(戦死扱いで軍曹に進級していた)が保護された。一九四一年応召の横井庄一は、四四年二月、グアム島に輜重兵として送られ、四四年八月十日、グアム守備隊とともに「玉砕」したはずであった。戦後二十七年たって出現した「亡霊」に、日本人は深い衝撃を受けた。

横井伍長帰国の翌日にはじまった札幌冬季五輪の閉会式から間もない七二年二月十九日、日本人を震撼させる事件が軽井沢で起こった。

連合赤軍の「兵士」五名が企業の保養施設・浅間山荘に逃げ込み、管理人の妻を人質に立て籠ったのである。武装した青年たちは警官隊に向けて銃を乱射しつづけた。包囲十日目の二月二十八日、警察はついに強行突入、五人を逮捕して人質を救出した。しかしこの間、銃による反撃をまったく行なわずガス弾を使用するばかりであった警官隊は、二名を殉職させた。当時の日本社会は、青年たちの行動をテロとは認識していなかったのである。

テレビ画面で一部始終を目撃していた元砲術将校・山本七平は、つぎのように書いた。

「あれは「戦い」でも「銃撃戦」でもない。戦場なら五分で終り、全員が死体になっているだけである。今ならバズーカ砲、昔なら歩兵砲の三発で終りであろう。一発は階下の階段付近に撃ち込んで二階のものが下りられないようにし、二発目は燃料のあるらしいところに撃ち込んで火災を起させ、三発目は階上に撃ちこむ、——砲兵が出る幕ではない」(『私の中の日本軍』)

軍事的にはまさにそのとおりなのであるが、そのとおりであるからこそ、「平和という物語」を絶対視した空気のなかで、山本七平は「反動」とか「右翼」とか目されたのである。しかし翌月、「総括」と呼ばれた連合赤軍内部のリンチで殺害された遺体がつぎつぎ発見され、それが十四名にもおよんだことが判明したとき、極左青年たちに対する同情は霧消した。

七二年の事件はつづいた。

五月三十日、テルアビブ・ロッド空港で「日本赤軍」の三人の青年がマシンガンの無差別射撃を実行した。巡礼者のプエルトリコ人ら二十六人が死亡、七十三人が重軽傷を負った。「コマンドス」三人のうち二人は手榴弾で自爆死したが、ひとりが生き残ってイスラエルの捕虜となった。岡本公三という名前のその青年の兄岡本武は、七〇年三月の「よど号」ハイジャック犯のひとりであった。後年、グループと袂を分かった岡本武は、日本から不本意に誘引され、北朝鮮に連行された疑いの濃いその妻とともに朝鮮労働党によって「処分」された。

山本七平には、岡本公三が捕虜となった直後の、「殺してくれ」という発言が強く印象に残った。

「私は「バカな、昔と全く同じだ、大切な情報源である捕虜をだれが殺すものか」と思わず呟いたが、それは、この「殺してくれ」が、日本兵が捕虜になったとき発する言葉と寸分違わなかったからである」(『私の中の日本軍』)

山本七平自身にも米軍の捕虜となった体験があった。一九四五年一月からルソン島北部で実戦に参加、やがて絶望的な状況に追いこまれたが、八月二十七日に届いた停戦命令によって降伏、日本軍将兵の七八パーセント、四十六万五千人が死んだフィリピン戦線の数少ない生存者のひとりとなった。

「戦場では考えられぬような至近距離で、全く無抵抗、無防備、しかも全然予期しない人びとに向って一方的に(マシンガンを)発射しても、その致死命中率は私の計算では六パーセントである」(『ある異常体験者の偏見』)

「ロッド空港乱射事件」についてこのような書きかたをしたのは山本七平だけだった。実戦経験者の視点というべきだろう。

そんな山本七平がこの一九七二年、異常な興味を抱いて注目したのは、にわかに起こった「百人斬り」報道をめぐる論争であった。それは、日中戦争中の一九三七年十一月から十二月にかけて行なわれたとされる二少尉の「百人斬り競争」をしるした当時の新聞記事の真偽に関して、本多勝一と鈴木明の間でたたかわされたのである。

朝日新聞記者本多勝一は、当時きわめて制約の大きかった中国現地取材を行ない、七一年八月から『中国の旅』を「朝日」紙上に連載、七二年三月に刊行した。それは、現代中国の姿を報じるとともに、日中戦争下における日本軍の蛮行を明らかにしようとしたレポートであった。

わけても一九三七年十二月、南京陥落時における中国国民党軍捕虜、便衣兵、一般市民の大量殺害事件は、本多勝一によってはじめて「死者二十万人以上の南京大量虐殺」として提示された。それは中国側の証言と資料に依拠したものであったが、やがて九〇年代以降、中国の国策的ナショナリズムの高揚とともに「死者三十万人の大虐殺」とさらに拡大されて中国国内に定着した。日本においては、いつ果てるとも知れぬ「南京事件」論争の端緒となった。

「百人斬り競争」は折からの中国ブーム、および対中国反省ムードに投じてよく読まれたその『中国の旅』中の一挿話であった。

三七年十一月、無錫(むしゃく)を発して南京へ進軍する途上にあった二名の少尉が「百人斬り競争」を約し、紫金山攻略戦終了までにそれぞれ「百五人」と「百六人」を斬ったとされる「事件」で、本多勝一は当時の東京日日新聞の記事をもとに「事実」として書いたのである。

二少尉は戦後のこの記事によって戦犯とされた。すでに帰国していたふたりは、警察官が暗に逃亡を勧めたにもかかわらず出頭に応じ、中国に送られて南京軍事法廷で死刑宣告を受け、四八年一月、執行された。

本多本を「『南京大虐殺』のまぼろし」(「諸君!」一九七二年四月号)という論考で強く批判したのは鈴木明であった。鈴木明は、南京事件を「大虐殺」とするのは過大であり、本多勝一の証言・史料の選択と解釈は偏頗かつ「断章取義」だとした。ことに「百人斬り競争」について記述した「殺人ゲーム」という部分を虚報と指弾した。

本多勝一が「証拠」として提示した東京日日新聞の記事に、山本七平が当初から疑いの目を向けていたのは、日中戦争当時の新聞に特派員が書いた戦場の「美談」「英雄譚」の多くはフィクションであったという「常識」のほか、日本刀はきわめて曲がりやすく、連続使用に耐えるものではないと知っていたからであった。彼はそのことを戦場で体感した。火葬すべき遺骨をとるために、戦死した兵隊の手足を切断したことがあったのである。

しかし山本七平が「百人斬り競争」を悪質な虚報と断じたのは、あたかも「同一指揮系統下」の歩兵の二小隊長のように読める記事が、ひとりは砲兵将校、もうひとりが大隊副官であったという事実を、鈴木明の指摘で知ったためであった。

砲兵将校が戦闘中に砲側を離れることは許されない。砲兵隊には軍旗はなく、「砲即軍旗、砲側即墓場」であった。砲兵将校が砲側を離れたら「違命罪」で軍法会議にかけられる。まして戦場で白刃を振りまわすなどということは、あり得ないのである。つねに大隊本部に詰め、あるいは大隊長である佐官に追随するのが大隊副官の仕事で、それを放棄したならば、やはり「違命罪」で「逃亡」とみなされるであろう。東京日日の記事が悪質、と山本七平がいったのは、その少尉に記事中で「僕は○官をやってゐるので(百人斬りの)成績はあがらないが」と発言させているからである。大隊副官が戦闘に出てはならないとは、当時は一般にも知られていたため、記者はあえて伏せ字を使ったのである。

戦後も長けて、軍隊の常識に反したウソを大新聞のベテラン記者は見抜けなかった。一方山本七平少尉は、特派員のヨタ話の「創作」に協力して命を落とした二少尉とおなじ「幹候」あがりの下級将校であった。つまり職業軍人ではなかった。そのうえに砲兵将校であり、副官も経験したという稀な存在であったため、伏せ字にこめられたウソをあばき得たのである。

山本七平はルソン島北部の戦場で、軍官僚と化した指揮官の無能と参謀の狂気にも似た横暴の被害者となって生死の境をさまよった。日本軍を破滅に導いた頽廃は、日本というシステムそのものから発しているのではないかと考えた彼は、『私の中の日本軍』(一九七五年)、『一下級将校の見た帝国陸軍』(一九七六年)を書き、結果、それらは傑出した戦争文学となり、同時にすぐれた日本論となった。

しかし、その戦場体験ゆえに彼は日本の歴史中になんら希望を読みとることができなかった。そしてそれは、端的にいえば何を書いても「青春文学」の味わいを帯び、日本史中に何らかの希望を発見せずにはいられない司馬遼太郎とは対極的な資質・方法であった。

司馬・山本対談の担当は「文藝春秋」の中井勝であった。彼は当然単行本化を構想していたが、そのためには四回目の対談が枚数の関係から必要だった。しかし司馬遼太郎が消極的姿勢をあらわにしたため、それはついに行なわれず、したがって単行本化もかなわなかった。

原稿整理が巧みになされたから紙上に感じとるのは難しいが、ふたりの肌合いがあまりに違いすぎたのである。『坂の上の雲』と山本七平の一連の軍隊ものを読み較べても、おもしろさの質ははっきり異なっている。中井勝は、「一個人としての軍人を描く司馬の小説家的視点と、社会評論の山本的視点の衝突だったのだろう」と往事を回顧した。

三回目の対談「日本に聖人や天才はいらない」では、すでに司馬遼太郎は山本七平にというより、むしろ中井勝に向けて話していた。

それはかなり露骨な態度といえた。中井勝は担当者として困惑を禁じ得なかったが、戦争体験は共有しても実戦体験を共有しないことが落差を生むのかも知れないと考えた。

山本七平は『洪思翊（こうしよく）中将の処刑』（「諸君!」一九七七年一月―七九年二月号、単行本化は八六年）を最後に戦争については書かず、七八年以後は『聖書の旅』など宗教的著作に沈潜した。また七九年からは、イスラエルを中心とした聖書旅行ツアーの引率などに意欲を示しながら、一九九一年十二月十日、満七十歳になる八日前に没した。

六、「ひとびとの跫音（あしおと）」に耳を澄ます

ノモンハン事件は、一九三九年五月から八月にかけて起こった日本・ソ連の大規模

な武力衝突（戦争）である。

当時、満洲国とモンゴル人民共和国のこの付近の国境線は不安定であり、日本側はハルハ川を、ソ連側はその北方のノモンハン付近を主張し、緊張が高まっていた。三九年五月十一日、ハルハ川を越えたモンゴル軍と満洲国軍が衝突、ハイラル駐屯の第二三師団長・小松原道太郎中将はただちに部隊を出動させたが、モンゴル軍にソ連軍が加わって激烈な戦闘となった。六月二十七日、航空隊がモンゴルの後方基地を爆撃、七月二日には二三師団主力が攻撃を開始した。

しかし日本軍はソ連軍の優勢な火力とBT戦車による反撃を受けて、苦戦に陥った。大本営・政府ともに対ソ全面戦争への発展を恐れ不拡大方針を決定したが、関東軍は独自の行動をとって七月二十三日から大攻勢をかけた。これを撃退したソ連軍は八月二十日、総反撃に転じ、遮蔽物のない草原で二三師団は壊滅的大敗を喫した。

八月二十一日、独ソ不可侵条約、ついで九月一日、ドイツのポーランド侵入によって第二次世界大戦が勃発したため、九月十五日に停戦が成立した。関東軍首脳は更迭され、現場では責任をとって自決する（させられる）部隊長があいついだが、事件の全体像は長く知られぬままであった。

アルヴィン・D・クックスは、第二次大戦に至るヨーロッパ軍事思想研究で博士号を得た五一年、二十七歳の陸軍少佐として日本勤務を命じられた。このとき米第八軍司令部、GHQ歴史課で旧日本軍将校の提出した戦史資料の分析に当たったことをきっかけに、六四年までひきつづき滞日、大学で教鞭をとりつつ研究テーマを日ソ衝突の張鼓峰事件、ノモンハン事件にしぼりこんだ。この間、久子夫人を得た。

ノモンハン研究がとくに進展を見たのは六〇年から六四年にかけてで、クックスは実戦参加者を探し求めて日本中をめぐり歩いた。さらに七九年、八三年、八五年と三度にわたって訪日、旧軍人の老化と競うように面接調査を重ねた。

この間、取材対象は畑俊六元帥、服部卓四郎参謀、須見新一郎連隊長から一兵卒にまでおよんだ。事件の鍵を握る人物、辻政信参謀は国会議員となったのち、インドシナで消息を絶っていたが、小松原道太郎師団長未亡人にも会った。その数は著作『ノモンハン』の謝辞によると百四十六人、ほかに名前を公表しないという条件のもとに応じた旧軍士卒が多数いた。

「私が連絡をとった人々は意外なほど積極的に、熱心なアメリカ人面接者との会話に時間と精力を割いてくれた。多くの人々はその理由として、戦死した戦友や部下の霊に対する責任感に促されたからだと説明しており、またその他の人々は真実を伝えて後世の人々に貢献したいからだと述べた」(アルヴィン・D・クックス「日本版への序」

『ノモンハン』）
防衛庁戦史室、元陸軍大佐今岡豊、近代史研究者秦郁彦、高橋久志らの協力とアドバイスをあおぎつつ、クックスは八五年、英文版原著『ノモンハン』をスタンフォード大学出版局から刊行した。それは上下二巻、本文一〇九四ページ、付録を含めると一二五三ページ、脚注一三〇〇、参考にした欧文文献一〇一八、日本語文献六二九という大著であった。日本語版は八九年、朝日新聞社から刊行され、九四年、文庫版として再刊の運びとなった。
司馬遼太郎も七〇年代も早いうちから、ノモンハン事件の調査をはじめていた。彼自身が戦車兵であったという経験に加え、その貧弱な攻撃能力、防禦能力の更新を怠ったままソ連軍の機械化部隊と戦った日本軍の構造、とくに関東軍参謀たちの奇怪なビヘイビアに近代日本社会の深刻な問題点が集中してあらわれたと考えたからである。そしてそのような致命的弱点は、七〇年以降の戦略なき日本、義務なき権利や規律なき自由の横行する経済原理一本槍の日本社会の内部に保存されていると見たからである。

司馬　私が信州の温泉宿のおやじさんになっていた須見(新一郎)さんに会いに行

ったのは、ちょうど石油ショックのときでした。そのときにトイレットペーパー、その他を買い占めた会社があった。どっかの商社の一課長でしょう。須見さんはそれを辻(政信)参謀に擬して、日本は少しも変わっていない、ノモンハンをやっているようなものだと。(『ノモンハン、天皇、そして日本人』)

クックスも須見新一郎に会い、二日間にわたって取材していた。

結局司馬遼太郎は「ノモンハン」を書かなかった。それは、愛する日本の負の部分、それも「輝ける近代」が必然的に生み落とした怪物の生態を腑分けするようなつらい仕事になるはずであったから、書くにしのびないという気持と、怪物と取り組む体力的不安が交錯したかと思われる。

なにより、ノモンハンには司馬が感情を移入できる快男児の登場する余地がなかった。そこには「日本の青春」がみじんも感じられなかったし、さらにクックスの取材対象と自分のそれが相当部分重なっていて、畢生(ひっせい)ともいうべきクックスの仕事の屋上にあえて屋を架す必要はないと感じた可能性もなくはなかったのである。クックスとの対談「ノモンハン、天皇、そして日本人」は、「週刊朝日」九〇年一月五・十二日合併号に掲載された。

大岡昇平との対談「日本人と軍隊と天皇」(「潮」一九七二年四月号)は、その少し前の七二年一月二十四日、グアム島の密林中で元日本兵が発見された事件を契機に行なわれた。四四年のグアム攻略作戦以来とり残され、敵を、というよりむしろ俘虜となって帰還したのちの日本社会の指弾を恐れた横井庄一伍長は、二十八年間密林に隠れ住んだ。戦死者の列に加えられて軍曹となっていた横井庄一の突然の出現は、高度成長下の平和への強烈なアイロニーであった。

大岡昇平は三十五歳の「老兵」としてフィリピンに渡った。四四年のレイテ戦後マラリアを病み、ミンドロ島で遊兵となったが自殺に失敗、米軍につかまった。

一年間収容所ですごして復員、旧知の小林秀雄にすすめられて戦記と自己省察、それに日本文化批評のないまぜとなった傑作『俘虜記』を書いた。ほとんど半死の状態で俘虜となった大岡昇平は、収容所では一日二千七百キロカロリー分の糧食を支給されて急速に体力を回復した。やがて退屈する俘虜たちのもとめに応じて「作家」として春本を書いた。彼は「戦後の堕落」を収容所内ですでに先どりして体験したのである。

司馬　(『俘虜記』中の——関川註)あの情景でおもしろいひとつは、収容所で芝居の興行が流行しだすと、すぐ、やくざが発生してくるあたりですね。

大岡　ただちに、出てくるんだな。

司馬　興行師のようなのが……。あれは、日本社会ですね。(「日本人と軍隊と天皇」)

日本がポツダム宣言受諾を闡明(せんめい)した四五年八月十日、収容所の夜空を、米軍が祝賀して打ち上げた曳光弾が飛びかったとき、俘虜・大岡昇平はこう考えた。

「偉大であった明治の先人達の仕事を、三代目が台無しにしてしまったのである」「あの狂人共がもういない日本ではすべてが合理的に、望めれば民主的に行われるだろうが、我々は何事につけ、小さく小さくなるであろう」(大岡昇平『俘虜記』)

司馬遼太郎は鶴見俊輔を終戦直後から知っていた。京都での新聞記者時代、夕刊紙の記者であった足立巻一に電車の中で紹介されたのである。鶴見俊輔は当時、京都大学助教授であった。司馬遼太郎よりちょうど十歳年長の足立巻一は、のちに作家となり本居宣長の長子本居春庭(はるにわ)の仕事と生涯をえがいた名作『やちまた』をあらわした。

鶴見俊輔と司馬遼太郎は、その見かけ上の「思想的立場」の相違にもかかわらず、意外と思われるほどたびたび対談している。

「日本人の狂と死」(「朝日ジャーナル」一九七一年一月一・八日号)は、その初期のもので、タイトルからもうかがえるように、前年十一月の三島由紀夫自死を直接の契機としている。「狂気」という言葉が、たんに日常性からの意図的逸脱という意味をこめて安易な流行を呼んだこの時期、早くも司馬遼太郎は「狂気」を「思想に殉じる純粋さ」ととらえ、それに憧憬する傾きに慎重かつ警戒的であった。

幕末から維新に至る激動の時代でさえ、「狂の人」はほんの数人、それも本物は吉田松陰ひとりだけだと、司馬遼太郎はいった。

「あとは現実の分析能力をもったちゃんとした人物が革命を指導していったわけで、狂気の人はけっして歴史の主役になりえたことはないと思うのです」(「日本人の狂と死」)

鶴見俊輔の方が、「狂気」に寛容であった。彼は、「正気の地平」はかなりあぶなっかしいものだ、といった。

「これこそ正気だと思って安心している人、見そこなう人もありますね」「そのときに地平のかなたに隠れている狂気の人がいて、その人の言うことはヒントになるし、

その人の見ている見かたから自分が触発されて何かが生まれる」(同前)

鶴見俊輔はその初期から司馬遼太郎の仕事を高く評価していた。

中里介山『大菩薩峠』、白井喬二『富士に立つ影』、岡本綺堂『半七捕物帳』をよく読み、それらが徳富蘇峰、山路愛山、津田左右吉ら民間史学の反映であり、野太い側伏流であると見る鶴見俊輔は、司馬作品をもその位置に据えた。子母澤寛の方法、「聞書き」は柳田国男の方法に酷似している。そういった方法を駆使して書かれた子母澤寛の『新選組始末記』は、やがて司馬遼太郎において地表に現われ、民間史学の本流をむしろ招き寄せて『燃えよ剣』が書かれ、『街道をゆく』の広大な世界が展開されたのだ、と鶴見俊輔は考えた。

二番目の鶴見俊輔との対談「「敗戦体験」から遺すべきもの」(「諸君!」一九七九年七月号)が行なわれた遠い発端は吉田満の原稿であった。

学徒出身海軍少尉として戦艦大和に乗り組み、その最後の自殺行的出撃で沈んだ巨艦の数少ない生存者のひとりとなった吉田満は、戦後間もなく『戦艦大和ノ最期』を書いた。

その後日本銀行に勤めて監事となった彼は、まれにしか文章を発表しなかったが、『戦艦大和ノ最期』は日本人の記憶に深く刻印された。その吉田満が「戦後日本がその出発にあたって」「存立の基盤である（日本人という――関川註）アイデンティティーまで喪失したことの愚を、その大きな欠落を、われわれ戦中派は黙視すべきではなかった」（「戦後日本に欠落したもの」「中央公論経営問題」一九七八年春季号）と書いた。

これを受けた吉田満と鶴見俊輔の対談「「戦後」が失ったもの」（「諸君!」一九七八年八月号）で鶴見俊輔は、吉田満のいう「アイデンティティーの喪失」に同感をしめしつつ、国家よりもまず「強い個人を養い育てるものが求められる」、すなわち「個のアイデンティティー」の確立の方が先決だと語って、国家を認識しつつ「日本人としてのアイデンティティーの回復なしには、日本がふたたび世界の孤児となるおそれなしとしない」という吉田満との相違点を明白にした。

すると、まだ「思想の科学」が中央公論社から発行されていた時代にその編集を担当していた粕谷一希が「戦後史の争点について――鶴見俊輔氏への手紙」（「諸君!」一九七八年十月号）を発表して、鶴見のいう「市民意識の強調に基く〝個のアイデンティティ〟こそが甘えを招いているのではないか」、鶴見は「市民」をもっぱら権力への抵抗の主体と捉えているが、「市民自治・市民共和という場合には（市民は）権力の形成者」となるし、そもそも「市民」の「自由と多様性・多元性を制度的に保証するものも国家なのではないか」と反論した。

これに、鶴見俊輔はおなじく「諸君!」(一九七九年二月号)で「戦後の次の時代が見失ったもの——粕谷一希氏に答える」を書いて再反論を加えた。司馬・鶴見対談はこのような「戦後」評価をめぐる一種の論争の流れの中で行なわれたのである。

そののち、八五年に足立巻一が死んだとき、須磨寺の斎場へ鶴見俊輔が行くと司馬遼太郎が立っていた。彼は弔辞を三十分間も述べ、式が終ると受付前で全員にお辞儀をした。

「(司馬遼太郎は——関川註)はじめから終わりまで出ずっぱりなのです。そのあと倒れて、大佛次郎賞の選考会に出てこなかった」「私は、そのとき、ものごとの軽重を知っている人だなと思った」(鶴見俊輔「司馬史観にふれて」『司馬遼太郎の流儀』)

鶴見俊輔は司馬遼太郎のモラリスティックなたたずまいを愛し、信頼していたのである。

野坂昭如は一九七五年、「諸君!」誌上で「飢餓対談」と副題した連続対談を行なった。

少年期に大空襲を経験し、戦争末期からその直後にかけて苛酷な飢餓体験を持つ野坂昭如は、「減反政策」以来食糧の大半を輸入に頼る構造へと移行した日本のありかたに、当時重大な危機意識を抱いた。七四年、政府の農業政策批判を前面に打ち出して参院選に出馬したが落選した。七五年には埼玉県大利根町に一反七畝（約五〇〇坪）の田を借りて無農薬米作の実践を試み、その年の春には当時親しんでいたラグビー同好の仲間と田植えを行なっていた。

連続対談の相手は、西丸震哉（食糧問題研究家）、加藤寛（経済学者）、山下惣一（農業経営者兼著述家）、土光敏夫（経団連会長）、吉野せい（農業経営者、「洟をたらした神」で第六回大宅壮一ノンフィクション賞受賞）、有吉佐和子（作家）らであり、司馬遼太郎が登場したのはその最終回であった。

「終末意識」を抱きつつ、しかしその一方で政治参加への積極的意志を捨てず、なお日本農村の仕組、農村が内包する政治的状況がわからない、といいつのる野坂昭如の言に深く頷きながら、司馬遼太郎はこう発言した。

「ほんとうにわからない。わからんのだけれども、野坂さん、ぼくの考えていることを聞いてくれないか。結論を先に言ってしまうようなことになるけれども、要するにね、日本は土地を公有にしなきゃどうしようもないと思う。農業問題もなにも解決が不能だと思うね」

この直前、司馬遼太郎は中国を旅している。それが土地公有化論のひとつの根拠であった。その折の見聞は「中国の旅」と題して「中央公論」に七五年十月号から(七六年七月号まで)連載された。それを踏まえての、「人民公社」に対する司馬遼太郎の発言。

「人民公社が実際うまくいってるかいないかということは、ぼくはうまく観察できていませんが、汽車の窓から見た江南の稲作風景というものは、実に人間がよく働いている。社会主義、共産主義だから人間働かなくなるというのはウソだと思ったな」

当時、下放、粛清、武闘の嵐は一応終熄していたものの、中国はいまだ「十年の大乱」文化大革命の渦中にあった。「四人組」と周恩来、鄧小平ら実務派との権力闘争は継続していたが、この翌年毛沢東が死ぬと間もなく文革は全否定され、生産停滞の元凶であった人民公社もまた解体へと向かうのである。

野坂昭如は司馬遼太郎の『梟の城』以来の読者であった。はじめて顔を合わせた折、野坂昭如は「緊張のあまり、逆上して」十曲ばかり軍歌を歌った。その頃彼は酒場の友人たちと夜ごと酔余に軍歌を高唱していたのである。

「司馬さんは、にこやかに聞いてらしたが、急に居ずまいを正され、「本当の軍歌は、こういうもんですよ」ほどのいい大阪弁でおっしゃって、北満を守備する戦車隊の、隊歌とでもいうのか、たいへんむつかしい漢語のならぶ一曲を、朗々とうたわれたのだ。

そして、ぼくの唄ったのは、軍歌ではなく、単に戦意昂揚歌であること、また、戦地に在れば、とても空虚な強がりばかりの軍歌など、兵士は口にせず、たいていは内地で耳に馴染んだ流行歌を唄い、(慰問団などが)勇壮活潑な唄などうたうと、みな腹を立てたと、おっしゃる。ぼくの、戦争体験など、まずはこんな風にインチキなのだが、司馬さんに教わって以来、ぴたりと軍歌をがなり立てることは、止めたのだ」(野坂昭如「軍歌と司馬さん」『司馬遼太郎全集』13月報)

松下幸之助との対談「現代資本主義を掘り崩す土地問題」は「中央公論」七六年八月号に掲載された。これは、七四、五年頃からにわかに土地問題に興味を抱いた司馬遼太郎からの「持ち込み企画」であった。彼の愛した「戦後」を支えた「普通の人々」、すなわち本来自分の読者の中核であるはずの自制ある市井の人々までもが土地投機に走る、そういう現象への深刻な危機意識が駆りたてたのである。

中央公論社の岩田嘉は、司馬遼太郎から、「土地問題で対談をふたつやりたい。ひとりはきちんとした理論を持っている人、もうひとりは松下幸之助氏」という提案を受けた。七五年、ぬやま・ひろしと彼が主宰する雑誌「無産階級」で「土地は公有にすべきもの」という対談を行なったのがその事実上の嚆矢(こうし)であり、野坂昭如との対談を引き受けたのもおなじ文脈中にあった。

岩田昶はその頃「中央公論」編集長であった粕谷一希にそのむねを伝えた。しかし、それ以前「歴史と人物」を創刊するとき、嶋中鵬二にいわれて司馬遼太郎のもとに教えを乞いに行き、肌合いの違いのためか、意気投合とはほど遠い感覚を味わっていた粕谷は、岩田に対し「自分は司馬遼太郎の世話にはならない」と頑なであった。

そこで岩田昶は、書籍担当者であるにもかかわらず自身で雑誌の担当も兼ねるという変則的な措置をほどこし、対談相手の「きちんとした理論を持っている人」として東大法学部の若手教授石井紫郎に依頼した。ところが、司馬にそのむね報告すると、「権威主義の東大の先生とは喋りたくない」という意外な反応だった。

岩田は石井紫郎に謝罪した。すると直後に司馬から「やはり対談をやらせてくれ」というむねの連絡が入った。再度の依頼に当然石井は渋ったが、なんとかなだめて実現に漕ぎつけた。それは松下幸之助との対談の前月、「中央公論」七六年七月号に「所有の思想」として掲げられた。翌月分の松下幸之助に岩田昶は興味を感じなかったので、司馬とはやはり旧知の編集者山形真功に担当してもらった。

この七五年、松下幸之助はＰＨＰ研究所から『21世紀の日本』という本を出していた。「どんな教育のある人も、額に汗して働く経験をしなきゃいけません。全日本人が参加して、山をくずし島を作るんです」と松下幸之助は「わたしの国土倍増論」(「文藝春秋」一九七六年五月号)でも語っていたが、『21世紀の日本』は「日本列島改造論」を大胆に、また超楽観的になぞったような空想小説であった。二〇一〇年の国際世論調査で日本は「理想の国」とされた。物価は安定し、青年は希望に満ち、老人は大切にされている、なぜこうまでうまくいったのか外国調査団が調べた、というのがこの小説の導入部である。

その理由は、たとえば山を削って海を埋め立て、新たな国土を造成したからというものであった。「日本が高知の向うにもう一つ四国を作っても、だれも文句をいわんでしょう(笑)。瀬戸内海がもう一つ出来る」「オランダの国土の三分の一は、こういう工事で出来たんですね」と松下幸之助自身が「わたしの国土倍増論」で語っているそのままであった。

日本は経済不況を大減税によって克服し、それによる政府の税収減は、財政支出の半減で解決した、とある。作者は、諸悪の根源はムダにあると考えている。生産の非能率のムダ、過当競争によるムダ、政治のムダ、適正数以上に大学に進学する教育のムダ、それらのムダはすべてコストにはねかえって物価を押し上げる。だから、ムダを排除すれば万事は解決するというのである。

しかし七〇年代日本の繁栄は、現実には大量消費によってもたらされた。すなわち、ムダな生産とムダな消費こそが命であったわけだから、松下幸之助の言説自体が矛盾であったし、日本人のモラルの崩れに強い危惧の念を抱く司馬遼太郎と共鳴するところはもとより少なかった。まして国土倍増論などとうてい相容れるところではなかった。

しかし、その死までつづく司馬遼太郎の「憂国」の航跡は、ここらに具体的に端を発していると考え、本書にこの対談を採った。

ぬやま・ひろしとの対談を含め、一連の土地問題に関する対談・論考は『土地と日本人』としてまとめられ、七六年に中央公論社から刊行された。これも司馬遼太郎のキャリア中唯一の「持ち込み企画単行本」であったが、彼の作品中もっとも低調な売行きに終った。

ある年の夏、松山の、かつての士族町を歩いていたとき、司馬遼太郎は正岡子規の生家と日露戦争における連合艦隊作戦参謀であった秋山真之の生家が、ほとんど隣接していることに気づいた。ふたりは小学校から大学予備門までおなじコースを歩いた幼なじみだったのである。

興味を覚えた司馬遼太郎は、彼らの事跡を具体的に調べはじめた。当初は小説に書く気はなかった。だが、やがて興味は肥大し成熟して、『坂の上の雲』という長大な実証的叙事詩に実を結んだ。

司馬遼太郎は子規を遠く敬愛した。その叔父は加藤拓川（たくせん）、子規が入社し、病臥したのちも馘首（かくしゅ）することなくコラム「墨汁一滴」を書かせつづけた陸羯南（くがかつなん）の友であった。拓川の息子忠三郎は、子規の死後、妹律の養子となって正岡の家を継いだ。正岡忠三郎は仙台の二高から京都帝大に進み、卒業後阪急に入社した。最初電車の車掌をつとめ、やがてデパートの婦人服売場の売り子となった。

正岡忠三郎の二高時代の友が西澤隆二（たかじ）で、その筆名は、ぬやま・ひろしであった。広大な野山のイメージを転訛したのだろう。

二高では、夭折した詩人富永太郎とも親しんだぬやまは、共産主義運動に身を投じて中退、戦前戦中を通じて十二年間獄中にあった。徳田球一の娘分の女性と結婚し、詩集『編笠』の詩人としても知られた彼は、戦後「歌と踊りの共産党」と呼ばれた時期に前面に出て、「若者よ体を鍛えておけ」という有名な歌をつくった。しかし六六年、共産党を除名された。

司馬遼太郎は『坂の上の雲』取材の過程で正岡忠三郎を知った。その縁でぬやま・ひろしと面晤(めんご)し、やがて親しんだ。共産党除名後も一個の共産主義者として終始したぬやまとは、「主義」の面ではほとんど相容れなかったが、司馬遼太郎はその人柄を好んだ。「思想」を嫌いぬきながらも「思想家的体質の人間につよく惹かれる司馬氏の資質」は、「この作品に潑溂とした魅力をもたらしている鍵のようなものであり、また司馬氏の人間観のアキレス腱でもあるように思われる」(『ひとびとの跫音』文庫版「解説」)と桶谷秀昭は書いている。

司馬遼太郎はこのふたりの人生を中心に、『ひとびとの跫音』を書いた。それは「市井の人々」を主人公とした歴史小説とも呼ぶべき不思議なたたずまいをもった名作であった。また「文明は躾(しつけ)の総体である」という司馬遼太郎の考えが、もっとも端的にあらわれた静かに力強い作品であった。

鶴見俊輔は『ひとびとの跫音』について、このようにいった。

「司馬さんがこの市井の二人を書いたのはなぜか。ノモンハン事件の作戦を立てた陸軍中将や大佐参謀が惨敗を隠し、責任をとろうとしない人間であるのを知った司馬さんの目には、市井にあって、日々の責任をとり続けるデパートの部長と、自分の思想を変えず、戦時中も終わりまで獄内にとどまった党員の姿は、それぞれの英雄として映ったんです」(鶴見俊輔『読んだ本はどこへいったか』)

鶴見俊輔は、ついに「ノモンハン」を書かずに終った司馬遼太郎だが、かわりに『草原の記』という作品を残したではないか、ともいった。『草原の記』は現地訪問時に日本語の通訳をしてくれたツェベクマというモンゴル女性をえがいた作品であった。

「司馬さんはこのモンゴル人の中に明治生まれのまっとうな日本人の作法と人生観が伝わっているのを感じた。日本人がノモンハン事件のような戦争をしかけて負けたまさにその近くで、日本人の優れた文化を異国人が伝承して生きていることに感動して書いたんです」(同前)

司馬遼太郎は、七〇年代はじめから『子規全集』の監修という大仕事に加わった。獄中十二年の孤独に『万葉集』と子規の作品にすがって耐えぬいたというぬやま・ひろしの強い意欲にほだされたのである。司馬、ぬやまのほか、正岡忠三郎、大岡昇平も監修者として名を連ねた。大岡昇平が参加したのは、大岡が昔親しんだ富永太郎とぬやま・ひろしの二高時代以来の縁からであった。

全二十二巻、別巻三巻という寛闊な構えの全集は、七五年四月、ようやく刊行開始に漕ぎつけたが、その講談社の担当者松井勲は、編集にあたって恐るべき完全主義的粘りを発揮して働き、七六年七月、五十四歳の若さで病死した。

「私は自分なりに浮世で十分生きたつもりでいたが、しかし、どぶの掃除をしてまわっているような松井勲の奔走を通じて、自分が感じてきた世間の味のほかに、べつな辛さがあることを知らされる思いがした」

司馬遼太郎は『ひとびとの跫音』にこのようにしるして、編集者の仕事に報いた。

田中直毅との対談「日本人への遺言」は九六年二月三日に大阪で行なわれ、「週刊朝日」九六年三月一日号と三月八日号に掲載された。それは、文字通り「遺言」となった。

久しく『街道をゆく』を連載していた「週刊朝日」では、司馬遼太郎の対談は新年に行なわれるのが恒例であった。八九年以来担当者となった村井重俊は、かねて司馬遼太郎に夏目漱石について講演してもらえないかと申し入れていた。近年司馬が漱石を読み直しており、ことに『三四郎』にはあらためて讃嘆し、作中、三四郎の「これから日本はどうなるのでしょう、ますます発展するでしょうか」という車中の問いに答えた広田先生の言葉、「滅びるね」をしばしば引用しながら、バブル経済崩壊後の日本の迷走とモラルの崩れを嘆いていると知っていたからであった。

体力を消耗するからという理由で講演には肯じなかった司馬遼太郎だが、なぜかこの時期、「これからは講演も引きうけようかなあ」とつぶやくようになっていた。たまたま村井重俊から電話があったので、みどり夫人は、「司馬さんが何か言いたいことがあるんじゃない」と告げた。

結局、すでに体力に自信を持ち切れなかったのだろう、やはり対談に落着いた。相手は田中直毅、話題はノンバンク「住専」の不良債権問題で、とは司馬遼太郎の注文であった。その頃司馬遼太郎が口にするのは「住専」のことばかりであった。『土地と日本人』をせっかく出版したのに、日本人は土地投機で自分の国をむちゃくちゃにしてしまった、無念でたまらない、このままではこの国は滅びてしまう、と司馬遼太郎には似つかわしくない激語さえ発した。

しつこい熱に悩んで対談場所まで行けるかどうか不安がっていた司馬遼太郎だが、幸い小康を得て出掛けた。日頃『街道をゆく』を愛読し、その旅先がようやく尾張地方に入ったことを喜んだ愛知県出身の田中直毅は、席上、自分が幼かった頃は、「実家から織田の居城趾の清洲までは見渡す限り菜の花だった時期があったこと、当時は静寂が支配しており、清洲の近くの旧国鉄操車場での列車の連結音が十キロ余も離れた実家でも確認できたこと」(田中直毅「私の中の司馬遼太郎」『日本人への遺言』解説)などを話した。田中直毅はそのとき満五十歳であった。

司馬遼太郎の発熱は九六年一月二十三日からであった。

「症状は風邪としか思えませんでしたが、熱が高くなったり下がったりで、三十日の外出の予定も取り止めにしました。いま思えばぜんぶ腹部大動脈瘤破裂の前駆症状だったんでしょうね。で、(二月)三日の田中さんとの対談はどうしてもと司馬さんは思っていましたから、それから一生懸命熱を下げて、前々日までは「ちょっと無理かなあ」とも言っていたのですが、当日は元気に出ていって、私も終わったあとニューオータニのバーで合流し、そのときは嬉しそうに喋っていました」(福田みどり「夜明けの会話——夫との四十年」「文藝春秋」一九九六年四月号)

二月十日、村井重俊は対談原稿をまとめたワープロ・ゲラを速達で送った。ちょうどその十日に日付がかわったばかりの午前零時すぎ、司馬遼太郎は倒れたのである。当初は本人もみどり夫人も貧血だと信じていた。しかしそうではなかった。

田中直毅との対談は司馬遼太郎の生涯で最後からふたつ目の対談となった。つねに対談のゲラには緻密な手を入れ、題名も自らつける司馬遼太郎としては異例の原稿が、その死後に掲載されることになったのは、二月六日に行なわれたロナルド・トビとの最後の対談(「異国と鎖国」本選集第十巻収録)と同様であった。

病院に搬送された司馬遼太郎は九六年二月十二日午後八時五十分、永眠した。

「週刊朝日」一九七一年一月一日号に「湖西のみち」(滋賀県朽木街道)から始まった『街道をゆく』は、日本全国と世界の「みち」をめぐって「濃尾参州記」に至り、その最後の一回分を残した千百四十七回をもって未完で閉じられた。司馬遼太郎は、歩む姿勢のまま街道に倒れたのである。歴史のみならず、同時代に生きる「ひとびとの跫音」にもじっと耳を澄ませつづけた七十二歳六カ月の生涯であった。

七、「関西人」という生きかた

対談「人類を救うのはアフリカ人」(「文藝春秋」一九七一年六月号)を行なったとき、「棲み分け理論」で世界的に知られた動物社会学者今西錦司は六十九歳、司馬遼太郎の二十一歳年長であった。

京都大学人文科学研究所の学風をつくり、また数多くの弟子を育てつつ「サル学」という分野を世界にさきがけて確立した今西錦司は、西陣の大きな織屋の息子であった。屋号を「錦屋」といい、名前の一字はそこからもらったのである。その祖父は丁稚からの叩き上げだが、織物研究のためフランスに渡るような進取の気性に富んだ人であった。また長く「若旦那」として祖父を助けて家業を守り立てた父は趣味と視野の広い人であった。その父に、「芸者の腰に巻くようなものを作らずにもっと気のきいたことをしろ」と暗に家業を継ぐ必要はないと告げられた今西錦司は、三高から京都帝国大学へ進んで農林生物学科で昆虫学を専攻した。

大正の第一次大戦バブル景気ののち錦屋は店をたたみ、父は病に倒れた。そのとき今西錦司は財産のみならず、大家族をも相続した。番頭、丁稚、織子の女子衆（おなごし）に血縁者を含めて都合三十人という大家族の中で育った今西錦司は、早くから集団内における自分の社会的地位を自覚する環境にあり、自然とリーダーたる徳目を習得した。そのことがのちに動物の「社会的行動」に着目させ、また戦前の大興安嶺縦走、戦後のヒマラヤ遠征、カラコルム・ヒンズークシ探検などの隊長をごく自然につとめさせる人格をつくりあげた。

「棲み分け」の発見は一九三三年であった。それは、鴨川の昆虫の観察によってもたらされたが、京都の鴨川河原の石で今西錦司によってひっくり返されなかったものはないといわれるほどの地道な努力の結果であった。「棲み分け」理論（多極相説）は、その後の満洲、蒙古、南洋ポナペ島等での生物社会の観察によって補強され、四九年『生物社会の論理』として世に問われた。それは、当時支配的であったクレメンツの単極相説に真っ向から異を立てるものであった。

今西錦司は西欧型動物学の限界に早くから気づいていた。西欧では伝統的に人間と人間以外の動物とを切り離して考え、社会とか文化という現象は人間に特有のものであると信じて疑わなかった。

「これに対して私は早くからあらゆる生物に種社会の認められることを主張してきたが、さらに一歩をすすめて、恒常的に群れをつくって生活している動物には、生まれながらにしてできる行動、すなわち本能的行動のほかに、生まれたのちに群れの仲間から習って初めてできるようになる行動のあることを想定して、本能的行動に対しこれが動物に認められる文化的行動にほかならぬことを主張した」（今西錦司「私の履歴書」）

その考えは五二年『人間』によってはっきりと示され、やがてニホンザルの研究によって実証された。

今西錦司は自然科学の方面から西欧型文明を相対化し、またその限界を指摘して、西欧型近代化の呪縛から日本と日本の学問を解き放った人であった。

対談の行なわれた七一年には、今西錦司は岐阜大学学長に就任して五年目であった。六五年、京大を定年退官した今西錦司は一時岡山大学に所属し、六七年に岐阜大学学長に迎えられていた。多くの子飼いの弟子たちから離れたら今西さんは仕事ができない、と危ぶむ向きもあった。しかし今西錦司は、岐阜大学そのものではない、「岐阜・大垣の背後にそびえる山々が魅力」だから行くのだ、といい放った。その地で今西錦司は、もとの県立医大、県立大工学部、国立高等農林、師範の寄せ集めであった岐阜大学を一カ所に統合するという困難な作業に着手し、七二年、定年退官の前年に実現に漕ぎつけた。

今西錦司は、亡父の記憶にからめてこう書いている。

「父はまた西郷隆盛びいきだった。司馬遼太郎の新聞小説『翔ぶが如く』で明治初年の征韓論が取り上げられているが、そこに登場してくる人物の評価が子供のころ父から聞いた話と寸分違わないので、なんだか不思議な気がする」(同前)

犬養道子の祖父は総理大臣、三二年五月十五日に暗殺された木堂(ぼくどう)犬養毅である。父は、かつて学習院で「白樺グループ」のひとりであり、戦後には法務大臣となって疑獄事件の指揮権発動で歴史に名をとどめた犬養健(たける)である。

犬養道子は戦後間もない四八年秋、二十七歳でボストンに留学した。アメリカで結核を発病して三年間の療養生活を余儀なくされたが、回復してヨーロッパへ渡り、オランダ、ドイツ、イタリア、フランスで学び、五七年、三十六歳のとき帰国した。アメリカでは「赤狩り」のマッカーシー旋風が吹き荒れていた。ヨーロッパに行けば、折しもアルジェリア独立戦争が起こり、自由化を決断したハンガリーには「宗主国」ソ連の軍隊が侵入した。

彼女は帰国の翌年の九月、文藝春秋新社から『お嬢さん放浪記』を出してベストセラーとなった。この本はその牧歌的題名にもかかわらず、第二次大戦後の世界の激動の最前線を見た日本人女性の貴重な証言であった。

「すでに戦時中から、私は自分が井の中の蛙のように実力も何もないくせに、足が大地についてもいないくせに、とかく自らをよしとする傾向のあるのに気づいておそろしかった。そして、自分と、自分の生活の革新ということが何をおいても第一に大切だと、若さの情熱からいちずに思いこんだ」（『お嬢さん放浪記』）

「すでに戦時中から」というところがこの人のえらさであろう。明治人のあるタイプを思わせるが、そういう人は昭和時代、ことに昭和戦後では育ちのいい女性にしか見られなくなっていたのである。

司馬遼太郎と犬養道子の対談は六九年十二月に行なわれ、七〇年二月号の「文藝春秋」誌上に掲げられた。それは司馬遼太郎をホストに、『日本人を考える』（文藝春秋）

と題されて七一年に単行本化された連続対談の第二回であった。第一回のゲストは梅棹忠夫、人選はすべて編集部が行なった。

七〇年初頭、つまり対談後間もなく犬養道子は再びヨーロッパに居を移した。三年間はドイツにいて、のちフランスに住んだ。渡欧するとき、彼女は前回とは違って日本から多くの家具調度を持参した。それは、船簞笥、大屛風、祖父遺愛の三百年前の武家簞笥、うるしの小机、古伊万里大皿、金うるしの桐火鉢、六角陶製火鉢、古九谷の大壺などで、火鉢は花を活けるために、また大壺はランプに使った。みな犬養家に伝えられた品物である。

「紅茶にも和式茶碗を使い、ナプキンには竺仙のゆかた地を。盛皿がわりには会席膳を。ロウソクたて(西洋式夜食では必ずロウソクをともすから)には、これも文久年間とやらいう筆立てを四個そろえて使う。それに古い支那カーペット。クッションはみな日本の布。灰皿は柿右衛門の小皿」(犬養道子『ラインの河辺 ドイツ便り』)といったぐあいであった。

「アメリカの安っぽい生活を〝最モダン〟と考えている」日本人が著しく増加したこの時期だからこそ「安物でいいから〝日本の本物〟を持たねばならぬ」と信じた彼女は、これらの家具調度と自在な英・独・仏語とで、ヨーロッパでの生活をたのしみつつ営んだのである。司馬遼太郎より二歳年長ながら、彼女には「戦中派」の翳りはみじんも見られなかった。

高坂正堯（まさたか）との対談「政治に〝教科書〟はない」は、一九七〇年六月号の「文藝春秋」誌上に掲載された。このとき高坂正堯は京都大学法学部助教授でまだ三十六歳、少壮気鋭の国際政治学者であった。

実際に対談が行なわれたのは七〇年四月、「よど号」ハイジャックで「赤軍派」の九人の青年たちが北朝鮮に入国した直後のことであった。それは、目的がまるで不分明であるという点で、またたとえ冗談にでも反スターリン主義を標榜する青年たちがスターリニズム（「金日成主義」）の国へ「亡命」したという点で、さらには運輸政務次官が人質の身替りになって事態を収拾したことでも「まったく世界に冠絶したハイジャック」（司馬遼太郎）であった。戦後二十五年、「世界」から目をそむけて、経済建設と「知識人」の理屈のこねあいに時を費していた日本が、思いもよらずこっけいなツケをつきつけられたかのようであった。

高坂正堯はそれより以前、二十九歳のとき『海洋国家日本の構想』を書くにあたって、中央公論社の粕谷一希を介して司馬遼太郎のレクチャーを受けたことがあった。

海洋国家イメージを早くから抱いていた勝海舟、坂本龍馬の専門家と司馬遼太郎を見込んだのである。

「そのとき司馬氏は、まず、鍋島閑叟のことから話し始めた。

「閑叟という人は、独創的なことを言ってますなあ。たとえば彼は、源氏と平家とどちらが偉いかというようなことを問題にしています。そして、彼の見るところでは、平清盛の方が源頼朝より偉い。なぜなら、平清盛は貿易をやったからやというのです。たしかに平家は負けた。けど、勝ち負けでは人間の価値は決まらんよ、と閑叟は言うてます」

まことに巧い話の切り出し方であった。それはいきなり勝や坂本のことから話を始めるという陳腐さから会話を救うものであっただけでなく、それ自身豊かな話題を内に含むものだからである」(高坂正堯「司馬文学の魅力」『司馬遼太郎全集』14月報)

高坂正堯は、司馬遼太郎にはストーリーテリングの才能だけではなく、「エッセイスト」と言ってよいようなたしかな鑑定眼がある」と感じた。「エッセイスト」とは思索を試みつづける人の意である。その高坂正堯は九六年五月十五日、六十二歳で亡くなった。司馬遼太郎の死に遅れること三カ月であった。

山村雄一との対談「生と死のこと」「宗教を考える」「国家と人間集団」は、『人間について』(平凡社、一九八三年)から採録した。大阪大学学長をつとめていた山村雄一は司馬遼太郎の五歳年長、対談当時六十五歳であった。

山村雄一は医学者である。だが、大阪大学医学部を出ると教室には籍を置かず、理学部に入り直すという変則の道を歩んだ。経験則にいまだ頼りがちであった医学と医学部教育に飽き足らなかったのである。

「このことは、このひとが、さまざまな諸現象から法則を抽出するということにきわだった関心と資質をもっていたということがいえるだろう。当時の医学教育はそういう関心や資質——つまり科学への志向——を満足させるものではなかった」(司馬遼太郎「あとがき」『人間について』)

学部を卒え、理学部研究室に身を置くのとほとんど同時に結核専門病院の勤務医となった山村雄一は、そこで臨床をこなしつつ病理にも力を注ぎ、結核菌を理学部的方法で研究した。「ヒトの結核患者のものに似た空洞を一〇〇%近く確実に動物の肺につくる」という試みは、戦争と兵役による中断を経て、五二、三年頃に完成した。それは新しい免疫学の成立と同義であり、世界に誇り得る業績であった。

山村雄一は三十代で九州大学の生化学の教授となり、のち大阪大学の内科に招かれた。基礎医学の教授が臨床の教授になること自体が破天荒な人事であった。医学が経験則の実践から脱して科学の一分野となったのは、一般のイメージを裏切ってようやく一九七〇年頃のことだといい得るのだが、最前線に立ちその流れを推し進めたひとりが山村雄一であった。

司馬遼太郎は対談の数年前の秋、山中で催された食事会で山村雄一と初めて会った。山村雄一の父は、司馬遼太郎の祖父がそうであったように播州人であった。しかしふたりは播州における一大事件忠臣蔵を好まぬところも共通していて、「年寄りひとり討つに寄ってたかってやるなど男の風上にもおけないじゃないですか」と語りあって意気投合した。

「他人の創見についての受信感度のよさ」は、司馬遼太郎における人間評価の基準であった。自己愛＝我執は、それをさまたげる要素として、司馬遼太郎自身がきびしく斥けるところであった。そして司馬遼太郎は山村雄一に、自己愛＝我執から生来自由な、ひとつの完成形を見たのである。

「山村さんにはうまれつき自己愛が稀薄なのか、それとも倫理意識で強く緊縛されているのか、それとも自己愛が他のエネルギーによってつねに揮発している状態にあるのか、いずれにしても山村さんは自己愛の多くの部分が昇華していて、そこに空いた虚なる部分に風が吹きとおっている。このことはこのひとの学問や思想にもかかわっている。自己が大きく空いているために、他人の創見についての受信感度がよく、そのことについてつねにびっくりしたり、敬意を感じたりするういういしさが用意されているのである。私は山村さんが他人(ひと)の学問を語るとき、しばしばそういう精神的発光を感じた。そのつど、あざやかな少年がそこにすわっているのを見ることができた。すぐれた感受性や創造性は、その人格の中の大人(アダルト)の部分がうけもつのではなくて子供(チャイルド)の部分がうけもつものだと私は思っている」(同前)

一方山村雄一も司馬遼太郎との語らいを大いにたのしんだ。会合の回数は少ないのに「何十年来の知己のようになった」「大作家であるにも拘らず、気さくで、バランス感覚に優れ、話をしていると心温まる」(山村雄一「余計なこと」『司馬遼太郎全集』33月報)と述懐した。

慧眼な山村雄一は司馬遼太郎の性格を見とおして、こうも書いた。

「表面には滅多に出さないが、司馬さんは好き嫌いのはっきりしている人だと思う。だがその好き嫌いを人間に対する大きな愛情ですっぽりと包んでいる。医師や教師でも同じことをしなければならないが、司馬さんのようにはうまくゆかない」(同前)

ふたりの一連の対談には当時の平凡社社長下中邦彦が必ず同席した。対談原稿の整理は読売新聞記者野村宏治が行なった。七〇年代はじめから司馬遼太郎の担当者となった野村宏治は、七六年春、オーストラリア北端の木曜島取材とキャンベラ訪問にも同行した。平凡社の仕事を読売記者が担当するという変則的な措置は、司馬遼太郎の野村宏治に対する篤い信頼のゆえであろう。

山崎正和は「司馬史観」について、つぎのように記している。

「司馬史観は、過去を矮小化して現代の立場から裁くこともせず、逆に過去を神秘化してその高みから現代を裁くこともしない。のみならず、作者は歴史上のひとりの人物を捉へるとき、けつしてそのひとりの人間を、歴史のパースペクティヴから切り離して荘厳化しようとはしない。一人物を描くとき、つねに作者の念頭には、過去と現在の複数の人物が同時に見えてゐて、主人公の大きさは、その比較のなかで精密に決定されてゐるやうに見える。歴史作家として、司馬氏の多産には瞠目すべきものがあるが、これが作者の方法なのだとすれば、多産はたんに可能であるばかりでなく、必然的だつたといふべきであらう」(山崎正和「君子が怪力乱神を語るとき」)

七七年、「中央公論」誌上で、のちに『日本人の内と外』(中公新書)にまとめられる三回連続対談を行なったとき山崎正和は四十三歳、司馬遼太郎より十一歳年少であった。

山崎正和は早熟な才能の持ち主であった。京都府立鴨沂(おうき)高校時代から京大文学部時代にかけて、すでに若い詩人として知られていた。

しかし学部時代とおなじ美学美術史を専攻して京大大学院に入ったその年、一幕の喜劇を発表して演劇に転じた。六三年、二十九歳で戯曲『世阿彌』を書き、その構想の雄大さ、構成の堅牢さで演劇人に衝撃を与えた。それは断じて「若書き」ではなかった。『世阿彌』は翌六四年、『カルタの城』との併載で河出書房新社から出版された。六四年八月、山崎正和は渡米した。エール大学演劇学科のフルブライト教授研究員となったのである。六六年、帰国すると評論活動にも力を注ぎ、同年『劇的なる精神』を発表した。七二年には評伝的文芸評論の白眉『鷗外 闘う家長』を書いた。このとき山崎正和は三十八歳であったが、すでに関西在住文化人の代表的存在と目されていた。司馬遼太郎とは六〇年代の後半における初対面以来しばしば対談を重ね、この「中央公論」での連続対談時には、大阪大学文学部美学科芸能史演劇学講座教授に就任して二年目であった。

山崎正和は「君子が怪力乱神を語るとき」という原稿を、司馬作品中では比較的地味な印象の『豊臣家の人々』に即して書いている。

「淀殿にせよ北ノ政所にせよ、さらには稀代の「大常識人」徳川家康にしてもさうであるが、ここではさういふ英雄ならざるひとびとが、歴史を確実に動かして行くさまが描かれてゐる。いはば、ここには英雄不在の歴史のメカニズムが描かれてゐるのであるが、それはあまりにも鮮かに活写されてゐて、読者はこれこそ日本の歴史の常の姿だ、といふ印象を深くせざるを得ない」

「司馬文学の作品のなかには、したがつて、めつたに「怪力乱神」の姿は現はれない。比較を絶した英雄・天才といふものは容易に現はれないのであるが、この方法がまた、日本といふ不思議な国の歴史にはみごとに適合してゐたといふほかはない。氏によつて、日本の歴史はひとりのナポレオンも、ひとりの始皇帝も生まず、しかも十分に魅力ある姿をおもむろに示し始めてゐるのである」

「君子が怪力乱神を語るとき」は、実は中公文庫版『豊臣家の人々』(一九七三年)の「解説」と新潮文庫版『果心居士の幻術』(一九七七年)の「解説」を連接・改題して『淋しい人間』(河出書房新社、一九七八年)に収録した一文であった。

「「怪力乱神」は語らないが、しかし作者は、歴史がときに合理的な力以上のもので動くことがあるのを、認めないわけではない。その何よりの証拠がこの『豊臣家の人々』であり、その背後に陰画のかたちで隠されてゐる、若き日の秀吉の天才だといへる」

「子、怪力乱神を語らず」は『論語』「述而」編にある。「先生は、怪異と力わざと不倫と神秘とは、口にされなかった」と金谷治は訳している。戦闘的常識人たる孔子は、人智のおよびがたいことに対しては意見を表明しないのである。そして「天才」もまた広くは「怪力乱神」の一種である。

だが司馬遼太郎が「怪力乱神」について小説中でまったく語らなかったかというと、そうではない。だいたいデビュー作が『ペルシャの幻術師』である。山崎正和が「解説」した『果心居士の幻術』は司馬遼太郎的小説世界の重要なサイドラインのひとつで、超能力者たる果心居士は松永弾正、ついで筒井順慶の心を借りて棲み家とする。同書中の短編『朱盗』に登場する「穴蛙(あなかわず)」は、反乱を起こす大宰少弐(だざいのしょうに)藤原広嗣が恐れる異形の人物である。祖父から三代にわたってひたすら穴を掘りつづけている百済遺民の子孫たる「穴蛙」もまた、超能力とは異なるが「怪力乱神」的人物にほかならない。

では司馬遼太郎は、なぜ、どのようなとき、こういうタイプの作品を書いたか。

司馬遼太郎は歴史を俯瞰して眺める。それは山崎正和のいうように、歴史を「現代の立場から裁く」ためではなく、歴史の立場から「現代を裁く」ためでもない。司馬遼太郎自身の言葉を借りれば「〝完結した人生〟をみることがおもしろい」からである。

しかし「完結した人生」は誰にとっても他人ごとではない。ときに、あるいはしばしば書き手は辛いのである。「繰返しその辛さを眺めているうちに、いつしか自分自身の人生が、歴史のなかで相対化されて行く姿も見えて来るにちがひないからである」という山崎正和の言い分には強い説得力がある。

山崎正和は以下のようにつづける。

「そして、想像するに、その辛さがときに耐へ難く嵩じたとき、この作家はふらりと、歴史の支配する世界の外側へ歩み出ようとするのかもしれない。しかし、その行く先がまた、感傷的な自然の世界でもなく、私小説的な日常の世界でもなく、なほかつ歴史の影を濃く帯びた修羅物の世界であることは、興味深い。この作家はどうやらさういふときに、異形異能の人の活躍する、「怪力乱神」の世界を描かうとするらしいのである」

ここには司馬遼太郎と司馬文学の原理のひとつが解き明かされていると思われる。

健全な常識人たらんとする意志と「歴史の外側へ歩み出ようとする」傾向とがもっとも烈しくぶつかりあった作品が大作『空海の風景』だと考えるとき、「司馬文学の眼ざしは、どこまでも静謐な安定を見せてゐるが、それはけつして、異様なものの恐ろしさを知らない安定ではない」という『世阿彌』の作者の言葉は、私たちを深くうなずかせるのである。

八、「合理の人」のもうひとつの側面

山折哲雄との対談「宗教と日本人」「日本人の死生観」は、一九九五年七月五日から七日まで三夜連続で放映されたＮＨＫ教育テレビ「ＥＴＶ特集」から起こされ、九七年三月、ＮＨＫ出版から『日本とは何かということ　宗教・歴史・文明』と題して刊行された。

九五年は、一月に阪神・淡路大震災、三月にはオウム真理教による地下鉄サリン事件と、異常な災害・事件のあいついだ年である。司馬遼太郎は満七十一歳、日本の現況を憂うるあまりか気短かな印象があり、ときに「このままでは日本は滅びる」といった激語を発するようになっていたが、この日は血色もよく元気そうに山折哲雄の目に映じた。対談後のレストランでの歓談では、ワインを少しずつ口に含みながらビーフステーキに旺盛な食欲をしめし、気分よさげに話した。

そうは見えても肉体的にはかなりつらかったのではないか、と山折哲雄が考えたのは翌九六年二月、司馬遼太郎が亡くなってのちのことである。当時司馬遼太郎はひどい座骨神経痛に悩んでいたが、それは実は腹部大動脈瘤が肥大しつづけていたせいであった。

一九三一年生まれの山折哲雄は司馬遼太郎より八歳下の宗教学者で、国立歴史民俗博物館教授をつとめたのち、対談当時は国際日本文化研究センター教授であった。

司馬遼太郎作品のすぐれた読み手である山折哲雄は、ついに司馬遼太郎は、日露戦争以後長期にわたった日本人の「集団的モラルハザード」を「ポジティブな形」では明らかにしなかったが、「なぜあのころから日本人がだめになってしまったのかという、そのヒントは」すでに作品中に現われていた、と語っている。

「まず「丁稚奉公」という段階がありますが、貧しい村から町に出て来て商家や武家に奉公して、一生懸命働いて、やがて自立していく、そういう人間がよく出てきますし、司馬さんのまなざしもそういう人間に暖かく注がれています」(山折哲雄「司馬遼太郎の世界」一九九六年、大阪府立中央図書館府民講座から採録)

明治国家の成立後は、商家や武家から国家というユニットに対象がひろがり、それに対して「奉公」を惜しまぬ官僚となり軍人となった、そういう「公のために尽す人間像」が司馬作品の主人公たちであるといい、さらに山折哲雄はつづけた。

「もう一つが、義侠心というテーマではないでしょうか。目前の利害を超越して義侠心から、やむにやまれぬ行動にでていく。市井に生きる人間の場合もそうですし、革命の運動においてもそういう人間が登場してくる。この義侠心の問題とも関係がありますが、信義を守る人間というのが司馬文学で欠かせないものです」(同前)

「この義侠心というのは、ヨーロッパ風のヒューマニズムの考え方とは少し違うのですね。無頼の精神みたいなものもその中に入っているし、それから義理とか人情といった感覚も紛れ込んでいる。弱いものを見ていて黙っていられない。要は、弱きを助けて強きをくじく、ということですね。「やくざ性」のない知性には我慢がならない、──そういう感覚がどうも司馬さんにはある」(田中直毅との対談「〝この国〟への視線」『司馬遼太郎について 裸眼の思索者』での発言)

橋本峰雄との対談「哲学と宗教の谷間で」は、七〇年十一月刊「日本の名著」(中央公論社)第四十三巻、『清沢満之(きよざわまんし) 鈴木大拙』の「付録」に掲載された。橋本峰雄が、桑原武夫を介して知った司馬遼太郎を対談相手に望んだのである。

清沢満之は一八六三年(文久三)、尾張藩下級士族の長子として生まれ、一九〇三年

(明治三十六)に四十歳で早逝した仏教者である。

明治期の真宗は、一時「愚夫愚婦の宗教」と軽視され、幕末の焼失から再建された東本願寺大伽藍は「伏魔殿」とまでいわれた。だが、その真宗の改革に生涯をささげた清沢満之は一般にはその名を知られることが少なかった。

やはり僧籍にあり、神戸大学文学部教授でもあった哲学者橋本峰雄は、そんな清沢満之を「あらためて天下に紹介」したいと念じ、「そのための介添え役に」禅の代表者・改革者である「鈴木大拙老を煩わせ」(同巻「解説」)たのだと『清沢満之 鈴木大拙』の編集意図を語っているが、その意は司馬遼太郎にたちまち通じた。橋本峰雄は司馬遼太郎の一歳下、大阪高校で桑原武夫に学び、京都大学では西洋哲学を専攻した。得度は五五年、三十一歳のときである。

司馬遼太郎の生家福田家は「門徒」であった。そのため彼は『歎異抄』を肉声で読む環境にあった。兵隊にとられるときも『歎異抄』で死ねるかしれない」と思った。

復員して新聞社に勤め、京都支局で大学と寺を担当したが、二十代後半の多感な時期を大学よりも寺で多く時間を費し、仏教書に読みひたった。司馬遼太郎の生育と資質とに関係あろうが、やはり戦争体験のなさしめたわざなのであろう。その結果、司馬遼太郎は仏教論・宗論に一家言を持つことになった。彼の意外に知られぬ側面である。

六五年、「中央公論」四月号で司馬遼太郎は、小口偉一（おぐちいいち）、武田清子、松島栄一、村上重良と座談会「近代日本を創った宗教人一〇人を選ぶ」に参加し、さらに「清沢満之と明治の知識人」という一文（のち「清沢満之のこと」と改題して『歴史と小説』に収録）を寄せた。このとき選ばれたのは、千家尊福（せんげたかとみ）、島地黙雷、植村正久、内村鑑三、清沢満之、新渡戸稲造、大谷光瑞、山室軍平、出口王仁三郎、戸田城聖の十人であった。仏教者として清沢満之を十人中に数えるべきだ、と強く主張したのは司馬遼太郎である。

座談会中で司馬遼太郎はつぎのように述べている。

「明治後期では清沢満之の存在は大きい。それまであった浄土真宗という民間に根ざした、比較的高級な信仰が、彼によって近代思想に耐えうるようになった。政治的な働きかけでは皆無ですけれども、思想家としては大きい。倉田百三だけではなくて、外村繁（とのむらしげる）などの私小説も含めて、日本文学の中に一種の親鸞イズムがありますね。清沢満之が出なければ、そういうものは出なかったんじゃないですか。岩波文庫に『歎異抄』が収められているけれども、清沢満之が出なかったら、岩波は『歎異抄』は出さなかったんじゃないか」

清沢満之は一八七八年（明治十一）、真宗大谷派の僧となり、東本願寺育英教校に学んだ。東京大学に進むとE・フェノロサに親炙し、ヘーゲルとスペンサーの哲学に関心をしめした。一八八八年、三河の寺に入り、以後「ミニマム・ポシブル」の生活を実践しつつ宗門の改革に力を尽くした。

「もし世に他力救済の教なかりせば、我は迷乱と悶絶とを免れざりしなるべし」（『臘扇記』）

当時宗門内で危険視されていた『歎異抄』を掘り起こして光を当てた。阿含小乗と貶して軽視されていた『阿含経』を重視した。これにアリストテレスの正統を継ぐ古代ローマのストア派哲人による『エピクテタス氏教訓書』を並べて「三書」と称しつつ、新たな宗教哲学を樹立したのが清沢満之であった。

「自己とは他なし。絶対無限の妙用に乗托して、任運に法爾にこの境遇に落在せるもの、すなわちこれなり」（同前）

このような境地こそ西田幾多郎の「絶対矛盾の自己同一」の先唱である、と早くから注目していたのが司馬遼太郎であった。

七六年春、司馬遼太郎はオーストラリア北端の木曜島に行った。オーストラリア人も知らぬその小島には、すでに半世紀前から日本人が住みついていた。当初彼らは海没してボタン用の貝を採集していた。その需要がなくなったのちも幾人かがとどまり、さまざまな民族的出自の人々とともに小さな社会を構成していた。そこには、かすかながら「戦前」のかおりが感じられた。

オーストラリア行の直前、司馬遼太郎は井上ひさしから、オーストラリアの気候、物価などについて懇切な助言の手紙をもらっていた。井上ひさしはその少し前、七六年三月よりオーストラリア国立大学の客員教授を嘱任され、最南端に近いキャンベラに住んでいた。

昭和四十七年(一九七二)上半期、井上ひさしは「手鎖心中」で第六十七回直木賞を受けた。司馬遼太郎はそのときの選考委員であり、「手鎖心中」を強く推した。これを多として井上ひさしは礼状を送り、また司馬遼太郎は、以来井上ひさしの作品を愛読しつづけた。

このときの受賞作は「手鎖心中」と綱淵謙錠(つなぶちけんじょう)の『斬』の二作である。『斬』に関しては当初から選考委員の反対はなく、満場一致の趨勢であった。一作授賞ですんなりと終りかけ、「余りに飽気(あっけ)ない気もせぬではなかった」(今日出海(こんひでみ))と感じられたとき、「手鎖心中」を再度話題の俎上にのせて復活をはかったのは、司馬遼太郎、水上勉、松本清張の三名であった。

選評に司馬遼太郎は、「うそのあざやかさには目をみはるおもいがした」と書いた。水上勉は、「おそらく日本文壇は、何年ぶりかで個性ゆたかな作家を得た」と評し、松本清張は「ふざけた小説だとみるのは皮相で、作者は戯作者の中に入って現代の〝寛政〟を見ている」とするした。

「たしかケアンズという海浜の小さな町の宿にいたとき、勇を鼓してキャンベラ大学の役宅にいる井上氏まで電話をかけてみると、とにかく会いたいとむこうから連呼してくれたので、次第に気分が昂まり、ついにはオーストラリアにきた目的は井上ひさし氏に会うためだったと錯覚するまでになった」(司馬遼太郎「オーストラリア雑記」)

キャンベラは人工的な都市であった。「森が主役」だが、「都市がもつ適度な猥雑さがないために人魚と恋愛してしまったような戸惑い」があった。しかし初対面の井上ひさしが、キャンベラの印象をかえた。

「井上ひさし氏は、ぜんたいに人間のにおいの薄い(人口密度が稀薄ということで)この国のすべての印象を消してしまうほどに人間的だった。一泊二日のあいだ、この人に接しているだけで、この人の小説や戯曲がそのまま音をたてて湧きあがってくるような感じがした」(同前)

オーストラリア行には読売新聞記者野村宏治が同行していたのだが、彼はこの予定変更を奇貨として司馬遼太郎と井上ひさしの対談を急遽企画した。それは、「地球の裏から日本文化を見る」というタイトルで、七六年五月八日号から三回連続「週刊読売」に掲載された。

井上ひさしは日本を離れてわずか一カ月余りだというのに、日本語に対する強烈な渇きと孤絶感とを味わっていた。彼は司馬遼太郎にその心情をせつせつと訴えた。「週刊読売」の対談中につぎのような一節がある。

「真空の中を落ちて行くような感じで、止めようがない不安感ですね。よくいえないんですけど、日本語も英語もすべて分解してしまう気持ちがしましてね。自分の存在は机の前しかないといいますか、原稿書いていて日本の文字で、からくも日本とつながっているという感じがするんです。その日本語も忘れるような気がして……」

司馬遼太郎は井上ひさしに、「それはなにか生まれる前兆じゃないのですか」と冷静に応えた。

司馬遼太郎がキャンベラに着いたのは七六年四月十一日夕方であった。その夜は日本語科助教授ロジャー・パルバースをまじえて懇談した。帰宅した井上ひさしは司馬遼太郎の『功名が辻』を徹宵して読んだ。翌日も日本語科の歓迎昼食会から大学構内とキャンベラ市内の散策、戦争博物館見学から中華料理店での夕食会まで、井上ひさしは司馬遼太郎と話しつづけた。彼は日本語という水を吸い込む乾いた土のようであった。

その日の夜、司馬遼太郎一行がキャンベラ空港を去るまでの一日半で、井上ひさしは甦った。四月十二日深夜、その代表作のひとつとなる戯曲『雨』に着手し、二週間で完成させた。井上ひさしがそれまで感じていた不安は、まさに「なにか生まれる前兆」にほかならなかった。この七六年四月、司馬遼太郎は五十二歳、井上ひさしは四十一歳であった。

八六年、井上ひさしは離婚した。前夫人は司馬遼太郎がキャンベラ以来親しんだ人であった。深い心痛のさなかにあった井上ひさしに、司馬遼太郎は長い手紙をしたためた。「海軍で船が沈みかけたとき、船内の品物をどんどん海に投げるが、それと同じで身軽になるための天の思し召し（おぼ）かもしれない。そう考えれば離婚もまんざら悪いものではない。身軽になって仕事に集中してほしい」という内容の手紙は井上ひさしを力づけた。

その後彼らはたびたび対談を行なった。最後となったのは、「現代」（講談社）誌上に掲載され本選集に収録された対談であった。

まず九五年六月号に「宗教と日本人」というテーマで会し、ややゆるやかな定期性を帯びて、「「昭和」は何を誤ったか」(七月号)、「よい日本語、悪い日本語」(九月号)とつづいた。十一月十四日に行なわれたのは、九六年一月号のための「日本人の器量を問う」であった。そのときの司馬遼太郎はたいへん元気であった。「顔色もよくて、声も凜(りん)として」いた(井上ひさし「さようなら、司馬遼太郎さん」「週刊文春」九六年二月二十二日号)。

しかし三カ月後の九六年二月十二日、つぎの対談を心待ちにしていた井上ひさしのもとに突然の訃報が届いた。

立花隆との対談「宇宙飛行士と空海」は「文藝春秋」八三年十月号に掲載された。目次用リードには以下のごとくある。

「最先端技術の力をかりて宇宙を体験した飛行士と、千百五十年前に空海が体得した曼陀羅の世界の共通項を通して、神とは何かを考える気宇壮大な対談」

司馬遼太郎は七三年一月号から七五年九月号まで「中央公論」誌上に『空海の風景』を書き、それは七五年十、十一月に単行本化された。戦国時代以前については短編以外には書いたことのない司馬遼太郎としては異例の試みであった。また合理主義を太い軸に、ロマンチシズムの持ち味を添えた司馬作品の流れからは逸脱していると『空海の風景』を印象する向きもあったが、そこには司馬遼太郎の「教養」の背後に野太く存在するなにものかが、たしかに色濃く投影されていたのである。

司馬遼太郎は書いている。

「私は、戦後の六、七年間を、仕事で京都の寺々をまわった。そのころ、以下は矛盾したことだが、日本の思想史上、密教的なものをもっともきらい、純粋に非密教的な場をつくりあげた親鸞の平明さのほうがもっと好きになっていた。好きなあまり、私も自分のなかにある雑密(ぞうみつ)好みを追い出そうとした。しかし、このことも矛盾しているようだが、現実に接触した僧たちとしては真言宗の僧のにおいのほうがどの宗派の僧よりも、人間として変に切実に感じられるように思えて、その人達ともっとも親しくなった」(「あとがき」『空海の風景』)

司馬遼太郎は六〇年代の後半、『坂の上の雲』の下調べに熱中していた。それは、調査に調査を重ねた「具体的世界の壮大な構築物」として完成するはずの仕事であった。

「調べてゆくとおもしろくはあったが、しかし具体的事象や事物との鼻のつきあわせというのはときに索然としてきて、形而上的なもの、あるいは真実という本来大ウソであるかもしれないきわどいものへのあこがれや渇きが昂じてきて、やりきれなくなった。そのことは、空海全集を読むことで癒された」(同前)

立花隆の『宇宙からの帰還』は、八一年から八二年にかけて「中央公論」に掲載され、八三年一月に単行本化された。「宇宙体験は人の精神世界にどんな影響をおよぼしたか」という明快な主題のそれは、従来の科学技術論や宇宙論を一足跳びに越えた発想の新しさとインタビューの鋭さで画期的なノンフィクションとなった。

八三年当時「文藝春秋」編集長であった岡崎満義は感嘆した。編集者として嫉妬さえ感じた。かつ、文藝春秋とは関係の深い立花隆に、なぜ自分が依頼できなかったかと悔やんだ。八三年五月、マンダラが宇宙から見た地球の姿に似ているとかねてから聞きおよんでいた岡崎満義は、折しも東京国立博物館で催されていた「弘法大師と密教美術展」を見て宇宙飛行士と空海を結びつけ、立花隆と司馬遼太郎の対談を構想した。

「文藝春秋」八三年十月号にふたりの対談があらわれたとき、『空海の風景』の担当者であった中央公論社の山形真功は「してやられた」とほぞを噛んだ。そのうえ社長の嶋中鵬二にはなぜ自社の雑誌ではこれを企画しなかったのか、ときつく叱られた。

この八〇年代、ジャーナリスティックな文芸の中心は司馬遼太郎と立花隆であった。

ユダヤ系アメリカ人、リービ英雄(イアン・ヒデオ・リービ)は一九九二年短編集『星条旗の聞こえない部屋』(講談社)で野間文芸新人賞を得た。

主人公、ベン・アイザックは幼児期をアジア各国で過ごし、十七歳の夏に来日した。留学生センターなどに通いながら「イングリッシュ・コンバセーション・クラブ」に顔を出していたが、そこに漂う小さな植民地的空気に辟易とした。

そんなとき、ひとりの学生服の学生と出会った。彼は主人公にこういった。

「「こんなことを言っちまえば失礼かも知れんが」

一息してから激しく、ことばを吐き出した。

「あなたはかざりものにすぎない」」(『星条旗の聞こえない部屋』)

ベン・アイザックが「じゃ、私と日本語で話して下さい」というと、「学生服の学生の丸い顔にはおどろいた表情が浮び、それからにっこりした笑いに変った」。しかしそれは、「けっして勝ち誇った者のいやらしい笑いではなかった」。

その学生、安藤の西早稲田のアパートの部屋には学術書と漫画雑誌の「ガロ」が並んで置かれていた。

「週刊誌もあった。表がマゼラッチのスポーツカーで裏が並外れて大きな乳房を読者に奉っている白人女を映した見開きもあった。剣道の竹刀を傾けた灰色の壁には黒い学生服が掛かり、臙脂色のW大学のペナントと、安藤が好んで読んでいた作家の、軍服姿の写真が飾ってあり、何となく英雄的な雰囲気をかもしていた」(同前)

「軍服姿」の作家とは三島由紀夫だろう。安藤という学生は、三島由紀夫の短編『剣』の主人公国分次郎にそっくりである。しかし国分次郎ほど思いつめがちではなく、より世俗的にひらかれている。そんな彼とともにベン・アイザックは、「日本」ではなく「東京」へ、なかんずく六〇年代後半の「新宿」へと分け入って行く。

そして、新宿では喫茶店のウェイターをしながら、「ツーホットワンミートワントースト」(コーヒーふたつ、ミートソース・スパゲッティひとつ、トーストひとつ)と注文を通し、ウェイター仲間に「あんたたちにはできないだろう」といわれた生玉子を、一気に呑みくだすのである(「仲間」『星条旗の聞こえない部屋』所収)。

リービ英雄はその後プリンストン大学に進んで日本文学研究者となり、プリンストン大学、スタンフォード大学で教えた。『万葉集』の英訳で全米図書賞を受賞した。しかし、やがて大学の職を捨て、日本に「帰還」した。東京ではかつての安藤のような部屋に住み、「ステップ・マザー・タング」(義母国語)である日本語による創作に力を注いだ。

九二年三月、司馬遼太郎はニューヨークに行った。ドナルド・キーンのコロンビア大学退官記念会のためである。そのとき通訳にとバーバラ・ルーシュ教授に紹介されたのが、コロンビア大学大学院の院生、インドラ・リービであった。彼女はリービ英雄の十七歳年少の妹で、兄とは母親を違えていた。兄の母はポーランド系であったが、妹の母は中国系であった。

インドラ・リービは司馬遼太郎に、「司馬先生は、漱石がお好きですか」と尋ねた。

「大好きです」と司馬遼太郎は答えた。

「インドラさんは、とくに漱石の『文学論』や『文学評論』、それにロンドンでの漱石に関心がある」(司馬遼太郎『ニューヨーク散歩——街道をゆく39』)

司馬遼太郎は、ロンドンにおける漱石の孤独にむしろ同情するところがあった。そうして『文学論』には無理があると考えていた。外国人が英文学を論じきるには、文化人類学の仕事を経過した文化相対主義の視点が必要なのである。手に武器なしに怪物に挑んだ漱石は勇敢ではあったが、早すぎた。

「それが失敗作だったかどうかについて私は深刻に考えたことがない。が、議論のたて方として、インドラ・リービさんにそう言ってみた。

「私はそうは思いません」

という答えと、簡潔で魅力的な論理が理由としてもどってきて、私はすっかりいい気持になった」(同前)

リービ英雄と司馬遼太郎が会ったのは九二年の暮れである。対談は「週刊朝日」誌上に翌九三年一月一日・八日合併号、一月十五日号の二回にわたって掲げられた。

そのとき、インドラと会ったこと、その議論の立て方の鋭かったことに言及すると、リービ英雄は、「妹は柄谷行人の弟子ですから」と微笑しながらいった。司馬遼太郎は、「議論の素人である私は、千葉周作の門人と野仕合したようなものである」(同前)と書いた。

対談の場所は新宿のホテルのスウィート・ルームであった。当日の印象をリービ英雄はつぎのように記した。

「新宿の光を横に意識しながら、白髪の作家から、ある種のアウラを感じはじめた。しかしそれは宗教的なアウラではなく、近代のディテールの中を歩きつくしてきた人の、世俗的なアウラだった。たぶん、前の世紀にはじめてバルザックに会った人はこの種類のアウラを感じたにちがいない、と思った」

「この人はもしかしたら、「戦争」をはさんで自分が生きてきた日本の近代史を書くことによって、ついにある種の自己解放まで到達したのではないか、とその声を聴きながら思った。マルクスが「お金」について書き、フロイトが「欲望」について書くことによって到達した心境に似ているのではないか、と。しかし、司馬遼太郎は何よりも小説に、日本文学に、その手法を見つけたのである」

「見晴らし窓の中の、極端な密度で輝いているネオンの光を見ながら、司馬さんは、自分の青年時代をふりかえって、突然、

「軍隊はぼくの新宿だった」

と言った。

「それは大変な『新宿』でしたね」

とぼくが答えた。司馬さんが笑った。ぼくも笑った。しかし、それは単なるジョークではなかったらしい」（リービ英雄「司馬遼太郎の「新宿」」）

堀田善衞、宮崎駿との対話は、本選集に収録された二つの鼎談のうちのひとつである。

『広場の孤独』以来堀田善衞の読者であった宮崎駿が、知遇を得た堀田善衞に、司馬と対談してもらいたいと望んだことがきっかけとなった。掲載誌は「エスクァイア」九一年三月号と九二年三月号で、九二年十一月「エスクァイア」の発行元「ユ

ー・ピー・ユー」から『時代の風音』のタイトルで単行本化された。単行本では雑誌掲載時には割愛されたエピソードがすべて生かされ、担当編集者の植田紗加栄は若い読者に合わせて注釈を多く加えた。

九一年の段階では、宮崎駿の名前はそれほどポピュラーではなかった。植田紗加栄も宮崎駿の仕事を把握しているとはいえなかった。しかし植田紗加栄の大学生になる娘は宮崎アニメのファンであった。どれをいつ見ても泣いてしまう、と母親に語った。植田紗加栄は、この企画が対談ではなく、宮崎駿をまじえた鼎談となった事情について、こう回想した。

「若い世代にとって宮崎さんの作品は、一種の通過儀礼になっているのだと思った。宮崎さんこそ、司馬さんと堀田さんの世界と『エスクァイア』の読者をつなぐ願ってもない方だと確信し、まず編集長(長澤潔)を説得し、さらに宮崎さん自身をかきくどいて出席していただいた。宮崎さんをめぐる昨今の状況を思えば、まさに隔世の感がある」

宮崎駿自身は鼎談に臨んだ動機を、このように書いた。

「心情的左翼だった自分が、経済繁栄と社会主義国の没落で自動的に転向し、続出する理想のない現実主義者の仲間にだけはなりたくありませんでした。自分がどこにいるのか、今この世界でどう選択して生きていくべきか、おふたりなら教えていただけると思いました」(宮崎駿「あとがき」『時代の風音』)

鼎談は司馬遼太郎のみならず、堀田善衞の雄大さ、おもしろさが縦横にあらわれていて知的スリルを感じさせる読みものに仕上がっているのだが、司馬遼太郎が熱心な宮崎駿作品の愛好者であったという事実が明らかにされていて興味深い。

司馬　私はアニメのファンのつもりでいます。具体的には宮崎さんアニメのファンです。以前は、西洋人がつくった作品を喜んで観てました。そしたら宮崎さんのが出てきまして、人間が立体的で、絵の中で風が吹いてきたら、女の子のスカートがふわっふわっとなってふくらんでいく。それで風という目に見えない空気の動きを表現している。(……)自分が飛んでいるような気持になります。(『時代の風音』)

またつぎのような部分。

司馬　『ルパン三世』というテレビのアニメーションは、日本人ばかりのスタッフで作ってるのですか。

宮崎　いまは作ってませんから、テレビでいまも流しているとしたら、昔のやつです。

司馬　だんだん変な絵になってきましたが、あれは描き手が違うからですか。ある時期はすばらしい絵でしたね。

宮崎　描き手がどんどん変わりました。最初のころ、私もちょっとやっています。

司馬　そうか、それでか。（同前）

司馬遼太郎が仏教に深い造詣を持っていたことはすでに述べた。「門徒」の家の出身で『歎異抄』に幼い頃から親しみ、また戦後は新聞記者として京都の寺をフィールドとしながら宗論を研究したとも書いた。

四八年夏、二十五歳のとき司馬遼太郎は、京都の北西の山中、まさに深山幽谷というべき地にある志明院（しみょういん）という真言の寺を訪ねたことがあった。そこは山伏の行場（ぎょうば）となってはいたが、大峰山、愛宕山（おたぎ）など方々をめぐった行者でも恐がるという寺であった。なぜか。

物の怪（もののけ）が出るのである。夜中に山の峰から天狗の雅楽が聞こえたり、みなが寝静まった時分になると障子がガタガタ鳴り出したり、本堂では物の怪が四股を踏むような音がしたり、そんなことが八百年来つづいているというのである。陽気な物の怪で害はないのだが、うるさくて仕方がないというのである。

「一晩泊まってみると、なるほど本当にそうなるんですね。障子が鳴りだす。それも一枚や二枚でなしに、全部を外から摑んで動かしているみたいな感じなんですよ。田中さん(田中良玄住職)の説では、平安から室町までくらいにかけては、物の怪は京都の辻々や公家屋敷の庭、あるいは御所の屋根の上といったところに沢山いたであろうというんです。ところが物の怪という奴は光を恐れますから、だんだん世の中がひらけてくるにつれて京都に居られなくなって愛宕へ逃げ、貴船へ逃げして、そこにもやっぱり安住できなくて、もうたまりかねて今ではこの志明院にだけ棲息しているのではないかというわけですね。ちょっと面白いでしょう」(司馬遼太郎「密教世界の誘惑 二」『司馬遼太郎全集』12月報)

五〇年夏、二十七歳のとき司馬遼太郎は高野山に登った。学僧にして真言立川流のまれな専門家、水原堯栄の教えを乞うためであった。合理主義とリアリズムを旨とし、仏教においても真宗の明解さにひかれる司馬遼太郎であったが、真言宗の魅力を断つことができず、そのいたって性的なにおいのする左道にほかならない立川流にまで学びの手を伸ばしたのである。

司馬遼太郎の自己分析がある。

「私の作品に一連の「妖怪」のような傾向のものがあるということは、結局、私自身にもそういった雑密的原始感情に感応するところがあるからでしょうね。つまるところその気分は闇がつくりだしているんだろうと思いますが、根っこのところでは日本人が伝統的にもっている暗くて華やかなロマンチシズムのようなものにもつながっているのではないでしょうか」(同前)

司馬遼太郎は、堀田善衞、宮崎駿との座談の席で宮崎駿にこの志明院での体験をつたえ、「宮崎さんに一つ作ってほしいテーマがあるのですが。平安時代の京の闇に棲んでいた物の怪のことです」「電気のない闇というもののすばらしさを、宮崎さんのアニメでひとつ表現していただきたいですな。電気のない闇にはいろいろな物の怪が住んでいることがわかりますから」と発言した。

宮崎駿が司馬遼太郎の言葉をどう受けとったかはわからないが、その後の彼の仕事の、少なくともひとつの刺激になったのではないかと私は思う。

司馬遼太郎には物の怪を好み、物の怪に感応する意外な側面があった。ときに「怪力乱神」を語った。いや、司馬遼太郎の明晰さが闇への嗜好と複雑にからまりあっていることを無意識のうちに感じとり、読者はむしろそれゆえに彼の作品を愛し、彼の言葉をもとめたのだろう。

司馬遼太郎は「近代知識人」のせまい枠組を生まれながらに超越し得た人であった。いわゆる「知識人」ではない一般の読者は、そのことを、すなわち司馬遼太郎がえがく「闇」をも含みこんだ歴史の厚みと深さを、体感として知っていたのである。

九、「絶対」という観念のない風土で書く

一九八二年末、司馬遼太郎は朝日賞を受賞した。受賞理由は「歴史小説の革新」であった。朝日賞推薦者であり、当時京都大学名誉教授であった桑原武夫は、八三年一月十九日の授賞式で記念講演を行なった。

桑原武夫は、どういう挨拶をしたらよいかわからないので、やはり熱心な推薦者で、司馬遼太郎との共通の友人である作家富士正晴に電話をかけてみた。

富士正晴はこんなふうにこたえた。

「司馬というのは異常なとこのない人やで。異常なとこがないけど、結局異常な人やで」

禅問答のようであるが、実にそのとおりだ、と桑原武夫は思った。精神の働きかた、教養、その好むところ、挙止、司馬遼太郎の場合どこにも異常な点が見えない。正常すぎるほど正常である。そしてその総合が異常なのだ、と桑原武夫は講演で語った。

「文士」という言葉は近年はやらなくなったが、その理由のひとつが司馬遼太郎の存在ではないか、と桑原武夫はつづけた。

「文士」には、どこか異常なところがあるという通念があった。それはたとえば酒癖や、過剰な女性関係であったりした。「小説一途」の生きかたを押し出すあまり、むしろ「自分が無学であるということを逆手にとって誇りに思っているような」傾きがあった。異常を看板にかかげた文士は、一種の特権者であるというような顔をしていた。社会もまたそれを追認するふうだった。

「ところが、司馬さんには、そういう点がどこにもない。大変学問がある。司馬さんの学問内容について深く立ち入る実力は私にはないんですけど、大変な学問だと思うんです。もちろん、司馬さんはそれを威張っていらっしゃらない」(桑原武夫「司馬遼太郎さんのこと」「週刊朝日」一九八三年二月十一日号に採録)

司馬遼太郎はかつての「文士像」の正反対なのである。肩肘張らず、自然にそうふるまっている。そのため「文士」という言葉そのものが過去に置き去られようとしている。

桑原武夫はつづいて司馬遼太郎の受賞理由、「歴史小説の革新」という業績にふれた。それは桑原武夫自身が推薦文中に使った言葉であったが、自分は軽率であったと桑原武夫はいった。というのは、「いままでの歴史小説はつまらん、なっとらん、だから革新する、打破する」と司馬遼太郎は仕事をしてきたわけではないからだ。

では、どういう「革新」であったか。

「革新がおのずとやってきたような形です。しかしおのずと物が動くということはあり得ないので、何らかの初動というものを与えなければいけない。初動は与えたが、初動を与えることによって、これだけの物体を動かそうという強い意図があってのことではないようです。にもかかわらず物は動いた。そういう関係になっているのではないかと思うんです」

「司馬さんは、強いていえば文明の批評家、批評家ということばは不適切かもわかりませんが、文明の認識者、文明論者ということがいえると思います」

「司馬さんという大変めずらしい文明論者があって、その人が小説を書いたのですが、これほどの人は戦前はアカデミーの外にはいなかった。そういう人が出てきたということは、戦後日本の特色であります」(同前)

十九歳年長の桑原武夫に司馬遼太郎は六四年以来親炙（しんしゃ）した。対談もまた少なくなかった。実は司馬遼太郎にはそれより以前、桑原武夫に近づく機会があったが、あえてそれをしなかった。

司馬遼太郎は四六年、京都の新日本新聞社に入社し、京都大学担当となって記者クラブに籍を置いた。やがて新聞社は潰れ、四八年、産経新聞社に入社した。ひきつづいて京大と宗教を守備範囲とした。

当時は戦後学生運動の最盛期であった。学内にいる限り革命前夜のような元気のよい言葉がとびかい、学生たちは浮足立っていた。「思想」を信じない骨がらみのリアリストである司馬遼太郎さえ、革命の到来を思いかねない空気に満ちていた。しかし、ひとたび校門を出れば学内の興奮は嘘のようであった。平穏な町並みがひろがり、そこでは人々の日々の営みが淡々とつづけられているばかりであった。「思想」は青年を酔わせる酒精分のごときものだ、そう司馬遼太郎は思った。

京都にあった二十代の司馬遼太郎はもっぱら寺をめぐり、仏教について、とりわけ密教について考えた。大学では理工系の研究室には出入りしたが、人文系を避けたのは「思想的酒精分」への拒絶感からである。その結果、当時優秀な留学生であったドナルド・キーンと邂逅していたはずなのにその記憶はあいまいで、また後年司馬遼太郎の方法の最大の理解者となる京大人文科学研究所の桑原武夫と親しむことも二十年近く遅れた。あるいは司馬遼太郎は、桑原武夫という巨大な影響力に、まだ若い自分がからめとられてしまうことを無意識のうちに恐れたのかも知れない。

司馬遼太郎は七三年四月はじめ、米軍撤退完了からわずか二週間ののちのサイゴンへおもむき、ベトナムを見た。

七一年に『街道をゆく』の連載を「週刊朝日」ではじめている。七二年には毎日新聞に『翔ぶが如く』を書き出している。七三年には「中央公論」で『空海の風景』の連載に着手した。そんな、生涯でももっとも多忙な時期にベトナムへ行った。

当然それは、当初もくろんでいたような「休暇」とはならず、強烈な執筆意欲にかられた司馬遼太郎は、帰国すると『人間の集団について』という連載を産経新聞に掲げた。

のちに一冊の本としてまとめられたが、そこにはこんなくだりがある。

「自分で作った兵器で戦っているかぎりはかならずその戦争に終末期がくる。しかしながらベトナム人のばかばかしさは、それをもつことなく敵味方とも他国から、それも無料で際限もなく送られてくる兵器で戦ってきたということなのである。この驚嘆すべき機械運動的状態を代理戦争などという簡単な表現ですませるべきものではない。敗けることさえできないという機械的運動をやってしまっているこの人間の環境をどう理解すべきなのであろう」

「大国はたしかによくない。

しかしそれ以上によくないのは、こういう環境に自分を追いこんでしまったベトナム人自身であるということを世界中の人類が、人類の名においてかれらに鞭を打たなければどう仕様もない」

「同じアジア人としての立場でいうなら、内乱もまた国家的商売であり、こういう国家的商売はかつて世界史になかった」(『人間の集団について』)

それは当時の「ベトナム戦争ものの通念」、すなわち北ベトナムびいき、戦争の悲劇への慨嘆、平和主義的つぶやき、といったスタイルを裏切った果敢な論考であった。むろん南ベトナムに肩入れするものではなかったが、思想の行動化への強い嫌悪がまずあり、「民族主義という思想」への危惧の念が忌憚なくしめされていた。七〇年代前半という時代状況を考慮すれば、この痛烈な一稿は並みの勇気で書き得るものではなかった。

この大胆な、しかして核心をあやまたず貫く本、温和な風貌の下に鋭い戦闘性を秘めた本は、だが話題にならなかった。つとめて黙殺されたようである。

『人間の集団について』が文庫本化されたとき、その「解説」を書いたのは桑原武夫であった。彼は以下のようにしるして、この本の世に知られることの少なさを嘆いた。

「私はつねづね日本に政治史や政治学説史の研究は盛んだが、現実の政治評論は乏しいのではないかと思っていたが、この名著がいまに至るまで一度も正面から取り上げて論評されたことがないのを見て、その感をいよいよ深くする」

司馬遼太郎は巨大な多面体であった。そして多面体としての司馬遼太郎を味わい評価するためには、相当の眼力と知力とがもとめられるのであった。

「『チンギス・ハーンの一族』、朝、小生の前にあらわれました。剛毅な構成と繊細・犀利な部分描写、微妙な言語への感覚、やわらかさ、かがやき、ことばの芸術が表現の一翼としてもつ人の〝運命〟というものまでが、小生の前に現出しています」

(陳舜臣宛て書簡、一九九五年四月五日付)

陳舜臣は九五年四月五日から朝日新聞朝刊に『チンギス・ハーンの一族』の連載を開始した。その初日、司馬遼太郎は大阪外国語学校以来の旧知の友を力づけるこのはがきを速達で投函した。

出版社から司馬遼太郎の書簡集を出すといわれた陳舜臣が探してみたが、これ一枚しか見つからなかった。会おうと思えばいつでも会える間柄だったので、手紙を好んだ司馬遼太郎も陳舜臣には寄信することはまれだったのである。

陳舜臣は五七年、三十三歳の頃から小説を書いて生きようかと考えはじめた。その年初、生まれたばかりの女の子がインフルエンザにかかった。一瞬たりと目をはなすことはできない。若い父母が交替で看病するつれづれに陳舜臣は小説雑誌を読み漁り、「この程度でよいなら自分も書ける」と思った。四年後、陳舜臣は『枯草の根』という作品で江戸川乱歩賞を受けた。六九年一月には『青玉獅子香炉』で直木賞を受賞した。

六一年、司馬遼太郎は講談社の担当者から、大阪外語のあなたの同窓生の陳さんという人が乱歩賞をとりましたよ、と連絡をもらった。司馬遼太郎は、「どっちの陳さん？」と問い返した。大阪上本町八丁目、通称ウエハチにあった大阪外語には、司馬遼太郎の在学中シナ語部とインド語部に「陳さん」がおり、どちらも秀才であった。編集者がインド語の人のようです、といったとき、二十年に近い歳月ののちにふたりの人生は再び交錯した。

大阪外語はのち大阪外国語大学となったが、当時は専門学校であった。坂道をのぼって門を入るとすぐに「烈士の碑」があった。それはこの学校を出て大陸に赴き、非命にたおれた軍事探偵たちの鎮魂の碑であった。かと思えば昭和初年には左翼運動で検挙されてひとクラス全滅ということもあった。

現在の大阪外大もそうだが、元来東洋語に力を注いだ学校である。学生のなかばが西洋語専攻で、陳舜臣の二期上級の英語部に庄野潤三がいたが、列記するときはつねに東洋語を先に置いた。

東洋語ではシナ語部が一学年五十人、「モーマインア」(蒙、馬＝マレー、印、亜＝アラビア)と称されたその他の四語部で五十人、ちょうど教練の一小隊分であった。学業に優れた陳舜臣はインド語部卒業後助手として残ることを要請されたほどであったが、司馬遼太郎は本人の述懐する「バンカラな学生時代」とは裏腹に、抜けるような色の白さで知られていた。当時、蒙古語は内蒙古での実用に耐えるのが目的の教育であったから、外蒙古のようにはロシア文字を用いず、タテ書きのウイグル文字を使った。日本語と同系のアルタイ語族の蒙古語の修得は他語に較べてやさしく、浮いた時間を広い読書に費やしたことが後年福田定一を司馬遼太郎たらしめた一因だろう、と陳舜臣は考えた。

陳舜臣は専門のインド語のほかペルシャ語も独習し、他にスペイン語、英語を選んでものにした。神戸の坂道の途中、古い木造の異人館に住む陳家の家庭語は福建語であった。ほかに広東語と北京語に通じた。

司馬遼太郎はあるとき、自分は一年習ったことがあるが、いくら陳舜臣でもロシア語はできないだろうと思って尋ねてみると、陳舜臣は「辞書があればな」と答えた。しかし「舌の方が語学上手とは程遠い」（司馬遼太郎）のはおなじであったし、司馬遼太郎は長い間、陳舜臣が神戸弁以外の言語をつかっているのを見たことがなかった。

国籍が中華民国であるため国家公務員でいつづけることができず、陳舜臣が学校を退いたのは戦後であった。それから小説家として立つまで、彼は父親の経営する貿易会社の一隅に机をもらって、外国からの引合いの手紙に返事を書く仕事をつづけた。

陳舜臣は年少時、神戸の華僑の名望家であったその祖父から、福建語による素読を習った。

司馬遼太郎は書いた。

「陳舜臣氏は、大げさにいえば中国文明史上、読書人という階級のふんいきを最後に受けた人といえるのではないか」（「美酒としての文学」『陳舜臣全集』月報1）

その「家学」が彼のなかに生きていることは、たとえば平仄（ひょうそく）を合わせた漢詩の流麗さで実証される。

徘徊践歴似蝸牛
頑石依然未點頭
碧血淡濃深幾許
丹心一片白雲留

これは八六年元旦の絶句であるが、陳舜臣は八四年、『街道をゆく』の一環で司馬遼太郎、考古学者の森浩一、民族学者の松原正毅、「週刊朝日」の川口信行らと出掛けた福建の旅でも、現地の人にもとめられて漢詩をつくって揮毫(きごう)し、一行の面目をほどこした。

しかし根っからの国際人である陳舜臣は、やはり生まれ育った日本文化の人であった。というより生粋の神戸人であった。

司馬遼太郎はいった。

「かれが、その家族と中国を旅行するとき、日本うまれであるかれとその家族について、概念的な知識をもたない中国人たちは、かれらを日本人としか見てくれないというのである。わずかなしぐさ、歩き方、あるいは表情によって、かれとその家族が日本文化に属する人達であると決めてしまう。

民族とは、そういうものである」

「むろん、かれの知性と文学は、僥倖にも日本文学が所有しえたものなのである。そのくせ、累代、僑居の人でもある。この複雑さは美酒としかいいようがない」(同前)

九六年初頭、NHKの寺井友秀は、司馬遼太郎と陳舜臣の対話を「NHKスペシャル」で企画した。この頃すでにしつこい疲労感を訴えるようになっていた司馬遼太郎だが、「陳さんとならぜひ話したいテーマがある」といった。それは「春秋戦国時代」についてであった。

孔孟ら思想家があいついで歴史に現われ、銅と鉄の生産が急拡大し、異民族との交流・抗争をとおして地域が自立しつつ地域文化というべきものを醸成したその時代は、世界史上の奇跡のような、また異常に早すぎた「近代」であった。中華文明のはるかに遠いピークであった。

ひるがえっていえば、司馬遼太郎は八九年の「六・四事件」後消費経済に沸いてはいても、中国の現状を、むしろ春秋戦国以来たびたび出現する古制の復活と、冷眼をもって眺めていたのである。対話は九六年二月下旬に行なわれる予定であったが、司馬遼太郎はその十日ほど前、半世紀を超える友・陳舜臣に別れを告げるいとまもなく足速に去った。

本選集に収めたふたつの対談のうち、「近代日本における中国と日本の明暗」は「オール讀物」七五年二月号に「日本がアジアで輝いた日」として、「日本の侵略と大陸の荒廃」はおなじく「オール讀物」七六年八月号に「日中歴史の旅」として、掲載された。

開高健は一九八九年十二月九日に没した。司馬遼太郎は開高夫人牧羊子と同年、開高健の七歳年長であった。が、小説を書きはじめた年歴では開高健に七年の長があった。

「開高健死す。／さびしさきわまりなし」

司馬遼太郎は八九年十二月十一日、当時の「文藝春秋」編集長白石勝への手紙に、こうしたためた。

ついで九〇年に入ると長い親交のあった医学者・山村雄一、『街道をゆく』の挿画を描きつづけた須田剋太が亡くなり、六十代後半に至った司馬遼太郎の周辺は少しずつ寂寥感を増した。ことに五十八歳十一カ月の若さでの開高健の逝去はこたえた。

開高健は八六年七月と八七年六月の二度、モンゴルを旅行した。チョロート川（ゴル）、ソムン川（ゴル）、そしてエニセイ河の源流のひとつシンキド川（ゴル）、三つの川（ゴル）で幻のイトウを釣るのが目的であったが、この地で彼はモンゴル草原とモンゴル族のありかたに心を奪われた。

開高健の旅に二度とも同行したのはモンゴル学者で亜細亜大学教授、司馬遼太郎とも旧知の鯉渕（こいぶち）信一であった。鯉渕信一が、モンゴルの牧民は自分の数百頭の羊の顔を見分ける、というと開高健は、「それじゃ眠れないときにヒツジが一匹、ヒツジが二匹……って数えても、かえって目が冴えちゃって眠れないんじゃないの」と冗談でかえし、笑った。

モンゴル料理には香辛料がない。塩ゆでした羊肉だけがベースである。それは開高健を大いに不思議がらせた。茶でも粉でも、必要なものは昔から略奪してでも手に入れていたモンゴル族が、なぜ唐辛子を持たずにいるのかがわからないと開高健はいった。

開高健が「チンギス・ハーンの陵墓」について口にしたのは、八六年の最初の旅でのことであった。

モンゴル族は遺跡というものを残さない。英雄さえ薄く葬って、やがて大気の中に塵のごとく拡散していく気配である。なのに開高健はチンギス・ハーンの墓にこだわり、八七年、二度目の旅から帰った秋、「チンギス・ハーン陵墓探索計画」を鯉渕信一に打ちあけた。「第二、第三のシュリーマン、ハイラム・ビンガムが現われてもよさそうなものなのに」と開高健はいった。開高健は退屈していたのかも知れない。あるいは、草原の塵と化すことそのものに魅かれていたのかも知れない。

司馬遼太郎が最後に開高健と会したのはちょうどその頃、八七年十二月十二日、大阪ロイヤルホテルであった。「せめぎ合う〝文明〟と〝文化〟のいま」と題され、双方が深く愛するモンゴル草原と「無物の主」(開高健)モンゴル族について語った「週刊朝日」の対談を終え、ふたりは一階のバーに席を移した。

夜半の別れぎわ、開高健は、「はにかみをこめた笑顔」のまま司馬遼太郎に、「いま、小説を書こうとしている」と告げた。長いつきあいのうちで、小説とか文学とかいう言葉が用いられたのは、これがはじめてで最後だった。

「小生は、不用意にも、大声で答えました。

「やめればいいのに」

大兄はすでに去るべく立ちあがっていました。両手で小生をおさえるように、「まああ」と言い、あとは、大兄の好きな言葉の一つである「放下(ほうげ)」したようないい笑顔をつくって、小生をすわらせたまま去りました」（司馬遼太郎「開高健への弔辞」）

司馬遼太郎は開高健の「ゆるがない読者」を自認していた。デビュー間もない開高健の、他の作家にはない「巨大な土木機械」を思わせる「文体の掘削力」に気づいていた。

しかし、この文体でいったい何を掘り抜こうというのか。

神が「絶対」であるごとく、虚構にも「絶対」があると信じる西洋、または「絶対」があると「千数百年をかけて自分に言いきかせつづけ」てきた西洋の風土でなら、掘り抜くべきなにものかが見つかるかも知れない、と司馬遼太郎は考えた。だが「古代以来の汎神論的風土」で、相対しか存在し得ない日本には特殊合金の先端を備えた土木機械にふさわしい岩盤がないのである。

司馬遼太郎は『夏の闇』を開高健の到達点と見た。それは開高健が四十歳で書き、四十一歳で刊行した作品である。司馬遼太郎は『夏の闇』の主題は「西欧的絶対」に対する挑戦ではなく、「プラスもマイナスもなき東洋的ゼロというもの」または「空（くう）」であると見た。その『夏の闇』一作で、「天が開高健に与えた才能への返礼は十分以上」という考えが、司馬遼太郎をして「やめればいいのに」といわせたのである。

司馬遼太郎は『夏の闇』について、こう弔辞で語っている。

「掘削用の土木機械はすでに解体され、虚空から光と命あるコトバを吸いこんでくる吸収装置に変ったかのような観がありました。虚空から集められたコトバは高度の生命を創りあげたばかりか、本来、その中身は空であるために、プラスにあがろうともせず、マイナスに下(さが)ろうともせず、水準器の泡粒のように、慄えながらも目盛の中心に居つづけるという運動――運動しないという運動――によって作品世界が展開されてゆきます。絶対を持たぬ日本的土壌においてむろん成功した文学的営みの例はたくさんあるにせよ、『夏の闇』は、まったくあたらしい地平――絶対のかわりに空を置くという地平――をきりひらいたものでありました」(同前)

当初は摑みどころさえ見えなかった「チンギス・ハーン陵墓探索計画」だが、鯉渕信一の努力や読売新聞社の協力、予想外に早かったモンゴルの「ペレストロイカ」の波などによって進展した。八九年八月十六日、モンゴル科学アカデミーと読売新聞社の間で合同陵墓探索の正式調印がなされた。開高健がはじめてそれを口にして、ちょうど三年後のことであった。

しかし探索団の団長に擬せられた開高健はその年、八九年四月に食道ガンの手術を受け、一時小康を得たものの、八九年の冬のはじめに亡くなった。

司馬遼太郎の開高健に対する弔辞はこのように閉じられた。

「すでにわれわれは虚空の中にいます。大兄も、大兄の前にいる小生も、世界が創(はじま)って以来、空のなかにいるのです。いま大兄こそ真の空のなかにいて、前に立ってぃる小生は、空といういきものの皮をかぶっている仮の姿にすぎず、その差は、夏の道を歩んでゆく昆虫と、その昆虫の点々たる影というだけにすぎません」

「まことに空というものは、いいものであります。キリスト教のような霊魂は存在せず、空の考え方にあっては、死者とよばれる大兄はこの会場にあまねく存在し、目の前の花でもあり、空気でもあり、われわれ自身でもあります」(同前)

それはもっとも美しい弔文のひとつであった。司馬遼太郎の才能は、まさに宿命のごとく、悲しみのさなかにも開花してやまないのである。

金達寿、陳舜臣との鼎談「日本・朝鮮・中国」は、その第一回が一九八二年六月に行なわれ、金達寿が編集委員をつとめる「季刊 三千里」八三年春号にその主要な部分が掲載された。二回目は八三年二月にやはり大阪で席が設けられ、二回分を合わせて、八四年『歴史の交差路にて』のタイトルのもとに単行本が講談社から刊行された。

司馬遼太郎は生涯に五回韓国へ行ったが、その最初の機会は七一年初夏であった。これに、四五年、福田定一少尉として朝鮮の土を踏んだときを加えれば六回になる。

東満から内地守備を命じられた戦車第一師団第一連隊第五中隊第三小隊長福田少尉は戦車四輛を率いて貨車で釜山まで南下し、釜山駅から集結地の西面廠所へ向かった。が、方向オンチぶりを遺憾なく発揮して迷子になってしまった福田少尉は、住民に道を尋ねつつ、ようやく目的地に到達した。その後戦車隊は内地に航送され北関東佐野に駐留、そこで終戦を迎えた。

七一年の旅は『街道をゆく』の取材で、折しも柳絮の飛ぶ季節であった。慶州仏国寺近くで、近隣の村からつどった婦人たちが輪になって踊る野遊会を見た。「歌垣だ」と司馬遼太郎は思った。おそらくは集落を越えた通婚機会をつくるために催され、日本では千二百年前に滅んだとされる歌垣が、韓国では古格を保ったまま残っていたのである。

同行したカメラマンはものおじしない人で、踊りの輪に自然にまじりつつ写真を撮った。すると集団中にただひとり背広を着た男が、「なぜ写真を撮るのかっ」と烈しく罵った。

男は当時の韓国的センスで、野遊会を韓国の「遅れている部分」と認識し、カメラマンを「近代化されていない韓国を悪宣伝しようとしている日本人」とみなしたのである。のみならずその男には、「パフォーマンスとしての民族主義」を周囲に印象づけたい気配があった。司馬遼太郎は彼を「怒れるツングース」と形容して、余裕を持って眺めた。長鼓を叩いていた老人も、カメラマンに、「構うな、気にしなさんな」という合図を送っているようであった。

のちに司馬遼太郎は書いた。

「金海の金海金姓の祠堂の前で、マリン・スノーのように無数の柳絮が真昼の光のなかを動いているのを見、浦島が竜宮城にやってきたときはこういう思いだったろうかと感じ入ったりしたが、しかしたえず〝特務〟(KCIA)には警戒した」(「鮮于煇さんのこと」「世界」一九八六年十二月号)

日本からきた作家に「KCIA」が注目し尾行することなど、この時代にもあり得ない。そんな予算と人員はない。しかしこんな話が当時信憑性を持ち、作家自身もそう信じていたとは時代の刻印である。

七〇年代までの日本では、韓国にはふたりの金とひとりの朴しかいないと認識されていた。ふたりの金とは金芝河と金大中であった。ひとりの朴とは朴正熙であった。北に、さらにもうひとりの金、金日成がいて、朝鮮半島は日本人にとってその四人以外登場しない閉ざされた舞台だったのである。

金芝河と金大中は「抵抗の人」であり、金日成は「自主の人」であった。そして朴正熙は「圧制の人」であった。今日この評価がすべて逆転しているとは皮肉だが、野遊会に普通の人々を発見し、「怒れるツングース」に辟易しつつもおもしろがる視線を送り得た司馬遼太郎でさえ、ことコリアに関する限り、日本中にあふれていた「連帯の人」「支援の人」が吹かせる時代の風からは自由ではなかったのである。

中華文明の中心に対してもさることながら、モンゴルから発して文明周縁により深い興味を抱く司馬遼太郎は、ベトナム、福建、西域、台湾をよく見ようとした。周縁好みはヨーロッパ文明にもおよんで、スコットランド、アイルランド、バスク、ポルトガルを旅させ、アメリカをヨーロッパの周縁として観察させた。残る宿題はマジャール人のハンガリーのみであった。

韓国も中華文明の周縁として興味の対象ではあったものの、その「民族主義」による声高な正邪論の照射力に疲れたか、やや冷淡であった。

司馬　こんにちの食卓塩のように塩化ナトリウムとしての結晶体として、朝鮮半島で残る。しかし本物の中国では、そんな結晶は必要ないわけです。海水のような形をとって充分不純物を許容している。結晶までいくことはない。（陳舜臣、金達寿との鼎談「日本・朝鮮・中国」「季刊　三千里」一九八三年春号）

司馬　それにしても韓国人は社会を作る上で、これは実に住みづらい社会を作りますな。朝鮮人になることはこの世で一番難しいんじゃないかと思うんですよ（笑）。昔日本では「それでもお前は日本人か」って言った。「それでもお前はフランス人か」というフレーズはなかったと思う。それと同じことを南北でいまやっているのね。（金達寿、田中明との鼎談「なぜ〝近くて遠く〟なったのか」「諸君！」一九八〇年四月号）

司馬遼太郎は古くから在日コリアン文化人と親しかった。六九年には、在日一世の実業家である鄭貴文に雑誌発刊の相談を受けた。三号つづけば上出来、そのつもりでやりなさい、といったのだが、案に相違してその雑誌「日本のなかの朝鮮文化」は八一年、五十号までつづいた。

七三年には司馬遼太郎が中心となって盛大な「励ます会」を催した。雑誌の売り物企画であった日本人歴史学者、在日コリアン歴史学者らの座談会は、七二年から七八年までに「中公座談会シリーズ」の四冊の本、『日本の朝鮮文化』（一九七二年）、『古代日本と朝鮮』（一九七四年）、『日本の渡来文化』（一九七五年）、『朝鮮と古代日本文化』（一九七八年）となったが、合計三十七回の座談会のうち十四回に司馬遼太郎は参加し、四冊のすべてに前記か後記を寄稿した。

七五年二月に創刊された「季刊 三千里」は八七年五月、やはり通巻五十号までつづいた。姜在彦、金達寿、李進熙ら、司馬遼太郎の友人たちが編集同人となったこの雑誌にも、彼は協力を惜しまなかった。編集同人たちは元朝鮮総連の活動家であったが、「主体思想」を唯一思想とする北朝鮮の硬直化を嫌って組織を離れていた。

「季刊 三千里」では、「在日コリアンは統一したら祖国に帰るべきである」という建前を脱して、「日本で生きる」という方向性を提示したが、それは六〇年代初頭、北朝鮮への「帰国運動」の手痛い経験から在日コリアン一般がすでに共有していた意識の追認であった。また七七年には、それまで「韓国」とカッコつきで行なってきた表記を改めるべきだと姜在彦が提唱し、朝鮮総連から鋭い批判を浴びた。


在日コリアンとは親しんだ司馬遼太郎だが、韓国本国人との接触、座談はさして多いとはいえず、李御寧との対談は、その数少ない一例であった。李御寧との対談「韓国、そして日本」は八二年に行なわれ、九〇年、単行本『東と西』に収録された。

李御寧は司馬遼太郎より十一歳年少の三四年忠清南道生まれ、ソウル大学国文科、ソウル大大学院を経て新聞界に入ったが、のち梨花女子大学教授に転じた。思春期以前に「解放」を迎えた典型的「ハングル世代」である彼は、八二年一月、日本文化論『「縮み」志向の日本人』を日本で刊行した。この本は当時の日本における「日本人論ブーム」に投じてよく売れ、李御寧の名は一躍知られるところとなっていた。

秀才であった李御寧は、和辻哲郎、ルース・ベネディクトの「日本人論」は古い、自分はポアンカレに示唆を受けた「因果批評」(causal criticism)の立場に立つとして『「縮み」志向の日本人』を日本語と韓国語で書いた。それは、俳句、扇子、折詰弁当、日本庭園、盆栽、生け花、四畳半、トランジスタ、パチンコなどを例にとりながら、日本人の「縮み志向」が日本の工業化成功の原因であり、反面、世界的「拡がり」に弱いと説いた「民族主義的書きもの」であった。

八二年夏といえば、日本の歴史教科書が大陸・朝鮮への「侵略」を「進出」と書き換えたと報道され、韓国で反日気運が高まったときであった。日本と日本史の第一人者を自任する李御寧は、そのような空気を背景に対談に臨んで意気軒昂であった。しかし唐代の安禄山の乱が日本に与えた影響を過大評価すること、応仁の乱を「革命」と見ること、原理主義的儒者藤原惺窩（せいか）への高い評価、また一転して日本の伝統的「乱婚」への嫌悪などを披瀝して、やや司馬遼太郎をとまどわせた。

対談の途中、たびたび司馬遼太郎は編集者に向けて李御寧が口にした必ずしも一般的とはいえぬ書名や事件を解説したが、これは困惑したときの司馬遼太郎の癖であった。そしていく度か、司馬遼太郎一流の「やわらかな反論」と「おだやかなたしなめ」を見せたのだが、司馬遼太郎のコリア的なるものに対する態度をうかがわせる好個の資料と考えることができる。

実は八二年の教科書騒動は誤報であった。教科書はずっと以前から「侵略」ではなく「進出」という用語を使っていた。それを朝日新聞が誤報して、これに中国政府が政治的に反応し、中国の反応を見た韓国が大衆的かつ強硬に反応したのであった。だが当の教科書にあたって調査したものはいなかった。そうして海外の波立ちが日本国内に再波及したのであるが、いずれも「実証」とはほど遠い「情緒」と「自己都合」の産物にすぎなかった。

対談で司馬遼太郎は、日本文化における「若衆」や「若衆宿」の役割について語り、ときどきこれが暴走する、その典型が「参謀本部」だと語ったが、この八二年に暴走した「若衆」は新聞であった。

十、「人間の営み」という物語を生きる

松原正毅が司馬遼太郎と相知ったのは、まだ国立民族学博物館の助教授であった一九七七年秋、三十五歳のときである。翌年四月、松原正毅は司馬遼太郎に誘われて、はじめて中国を旅した。京都法然院の貫主にして神戸大学文学部教授であった橋本峰雄を団長格に江西省廬山を訪ねるのが目的の旅で、小川環樹、桑原武夫といった京都大学の大先輩が同行した。むろん松原正毅が最年少であった。

その旅の余韻をたのしむような対談が行なわれたのは七八年七月であった。「稲作文化と言葉」と題されて「週刊読売」に掲載された対談は、読売新聞社の来賓食堂でなされ、担当は「週刊読売」のそれまでのすべての対談とおなじく野村宏治であった。この対談は七八年十月読売新聞社から刊行された司馬遼太郎対談集『日本語と日本人』の最後の収録作となった。

八一年五月、八四年四月にも松原正毅は司馬遼太郎と中国へ行った。いずれの機会も事前に資料を十二分に読みこんできたうえに現地の風を体に入れた司馬遼太郎が、夜ごと車座の中心となって談論が風発する知的刺激に富んだ経験であった。八一年と八四年の旅は、『街道をゆく』のうち、「江南のみち」「蜀・雲南のみち」「閩のみち」としてあらわれた。

この間、遊牧民族研究を専門とする松原正毅がトルコ系遊牧民族ユルック族と生活をともにすること、七九年八月から八〇年八月にわたった。その成果は八三年、『遊牧の世界』上下巻(中公新書)にまとめられたが、司馬遼太郎はそれに対し、つぎのような書き出しの懇切な書評を書いた。

「遊牧は、むろん文明である。人間を集団として生きさせることについて、きわめて普遍性の高い技術と秩序である。

遊牧は、それに適した自然条件さえあれば、たれでもその暮らしに参加しうる。その意味において人類が発明したもっとも簡明かつ雄大な文明であるといっていい」

(「文明論への重要な資料」「中央公論」一九八三年五月号)

松原正毅は、司馬遼太郎の作品が「国民文学」と位置づけられていることは否定しないが、それだけではないと考え、『微光のなかの宇宙』(一九八四年)という司馬遼太郎のもっとも地味な本に注目せよ、といった。それは美術に関する本であった。

司馬遼太郎は五二年、産経新聞京都支局から大阪本社地方部配属となり、五三年、文化部に移った。文学と美術の担当、二十九歳であった。

「二十代のおわりから三十代の前半まで、絵を見て感想を書くことがしごとであった」

という書き出しの『微光のなかの宇宙』には、こんなくだりがある。

「絵を見るというより、正確には、本を買いこんできて絵画理論を頭につめこむことを自分に強いた。まことに滑稽なことであったが、この時期ほどその種の読書に熱中したことはない。とくに繰りかえしセザンヌの理論やその後の造形理論を読み、実際の絵画の中でたしかめ、そのたしかめたことを、制作した人に問いただしたりした。この四年ほどのあいだ、一度も絵を見て楽しんだこともなければ、感動したこともない。

まことにおろかなこの四年間は、セザンヌとその後の理論どもに取り憑かれることによってもたらされたと自分ではおもっている。このことは、マルクスの理論にこだわりすぎて、実証性をうしない、かんじんの事象すら、ひらたく見ることができなくなってしまった過去の学者たちに似ていて、われながら悔いが多い」

「右の期間、文学雑誌もいわば仕事としてたんねんに読んでいたつもりだったが、捕虜の身から解放されたような気がして、同時に怠るようになった」

「自分自身を搾め道具でしめあげているような時期が終るのと、小説を書きはじめるのとおなじ日だといいたいほどにかさなっていた。もはや私自身を拘束するのは自身以外になくて、文壇などは考えなかった。まして文学上の様式や流派、系譜、徒党性には、知的には関心をもちつつも、そこから自由だった。自由を持続するには自分なりの理論めかしいものと、素朴な元気のようなものが必要だったが、右の四年間の息ぐるしさのおかげで、ざっとしたものをごく自然にもつことができた」(『微光のなかの宇宙――私の美術観』)

松原正毅は、司馬遼太郎という発光する思索体の重要な要素として「土着主義」を考えた。土着主義とは、ものごとを計量化し具体的に論じること、現場に身を置いて地理風土と人間のかかわりを、時間軸を雄大な過去に伸ばしつつ根拠ある想像を展開することの謂(いい)であった。

「司馬さん自身は、決して自分が置かれている場に固執したというわけではないのですが、さまざまな風景を見てゆく時に、自分が置かれた歴史的・時間的〝場〟のなかで、その〝場〟を用いながら見ていった。そうすると、たとえばマルクス主義でも何でもよいのですが、そういう理論で武装された眼では見えない風景がたち現われてくるということですね。司馬さんの作品は、すべて翻訳書を土台にしていないという点がだいじですね」(松原正毅『司馬遼太郎について 裸眼の思索者』)

日本を起点にして「人間の集団」のありかたから、広く人類社会を考えようとしていた。とくに文明の形成について彼なりの「像」を提出しようと試みた。それが司馬遼太郎の「旅」の根底に息づく動機だと松原正毅はいうのである。

岡本太郎を司馬遼太郎は、一九七三年二月、〈雑誌「日本のなかの朝鮮文化」を励ます会〉で知った。この、司馬遼太郎が中心となり在日コリアンが多く集った席で、岡本太郎は乞われてスピーチを行なった。話題は、彼が七〇年大阪万博のために造った「太陽の塔」と縄文・火焔土器の親近性についてであった。対談「稲作文明を探る」はその年の晩秋になされ、「中央公論」翌七四年一月号に掲げられた。

岡本太郎はつねづね日本の「伝統主義者」を鋭く批判していた。たとえば、つぎのような亀井勝一郎の一文が大嫌いだった。

「百済観音(くだらかんのん)の前に立った刹那(せつな)、深淵を彷徨(さまよ)うような不思議な旋律がよみがえってくる。仄(ほの)暗い御堂の中に、白焔がゆらめき立ち昇って、それがそのまま永遠に凝結したような姿に接するとき、われわれは沈黙する以外にないのだ。その白焔のゆらめきは、おそらく飛鳥(あすか)びとの苦悩の旋律でもあったろう」(亀井勝一郎『大和古寺風物誌』)

なにをいっているのかわからない、たんに「思わせぶりのポーズ」で「一般をおどし」ている「美文にすぎない」と岡本太郎は書いた。

「古典をふりかざし、過去のがわにたって居丈高く現在をいやしめ、今日ただいま、おのれが負わなければならない責任をのがれている。卑怯です。これが今日の伝統主義者なのです。

私は逆に現在のこれっぽっちのために、過去の全部を否定してもかまわないと思っている。過去を評価するために、現在がごまかされて、いいかげんにされ、スポイルされるよりは」(岡本太郎『日本の伝統』)

岡本太郎は一九一一年生まれ、司馬遼太郎の十二歳年長である。

二九年、東京美術学校(現東京芸術大学)に入学したが、三〇年、父母(岡本一平、かの子)の渡欧に同行した。そのままパリにとどまって制作に従事し、のちパリ大学で哲学・社会学・民族学を学んだ。三九年に卒業、四〇年に帰国した。四二年、兵役に服して四六年に復員した。

五二年、四十一歳のとき『縄文土器論』を書き、それまで考古学者以外には顧みられることのなかった縄文土器を芸術として評価した。

「はじめて縄文土器を突きつけられたら、その奇怪さにドキッとしてしまう。どこの野蛮人が作ったんだろう、ものすごい、へんてこなものだ、と思うにちがいありません」

「じっさい、不可思議な美観です。荒々しい不協和音がうなりをたてるような形態、紋様。そのすさまじさに圧倒される」

「いったい、これがわれわれの祖先によって作られたものなのだろうか？　これらはふつう考えられている、なごやかで繊細な日本の伝統とはまったくちがっています。むしろその反対物です。だから、じじつ、伝統主義者や趣味人たちにはあまり歓迎されなかった」(前掲『日本の伝統』)

なぜこのすばらしさが普通の人に見えないのか。素人こそはほんとうの批評眼を持っているはずだ。無邪気に、素直に見れば、だれにだってはっきりしていることなのに、玄人的に構えて「はだかの目の正しさをみずからふさいでしまうからだ」と岡本太郎はいうのである。

「モーレツに素人たれ」という岡本太郎の言葉は、『微光のなかの宇宙』にあるように、玄人的理論の呪縛に苦しんだことのある「慧眼の素人」司馬遼太郎の深い同感を誘った。異質と印象されるふたりの対談がなごやかに運ばれたのはそのためであるし、テレビコマーシャルなどに臆せず出てトリッキーなイメージをふりまいていた岡本太郎の本質的なおもしろさ、意外な奥の深さがここにはしめされている。

梅棹忠夫と司馬遼太郎は都合七回対談している。最初は一九六九年である。

その二年前、梅棹忠夫は司馬遼太郎の小説をはじめて読んだ。六七年、梅棹忠夫がバスクへ赴く直前、『理心流異聞』という短編集に「奇妙な剣客」という作品があるのを見つけた。それはバスク人の剣客が登場する小説で、参考になればと思ったのである。むろんまだ司馬遼太郎はバスクを訪れてはいない。小説は「ぜんぜん役に立た」なかったが、梅棹忠夫は「おもしろい人だな」と作家の名を記憶した。

「ちょっと変わった、しかし非常に歴史観のはっきりした人やなと思っていたんですよ」(梅棹忠夫インタビュー、聞き手・村井重俊「学問と論理に根ざして人間性を考えるから彼の歴史観は面白い」『AERA MOOK 司馬遼太郎がわかる』)

以来梅棹忠夫と司馬遼太郎は対談を重ね、多くの点で意見の一致を見た。その根幹は「日本はアジアではない」というところにあった。梅棹忠夫はさらに一歩を進めて、「アジア的連帯などというのはありえない」、なぜなら「アジアという実体は存在しない」からだ(司馬遼太郎との対談「地球時代の混迷を超えて」産経新聞、一九九五年一月一日)、といい切った。

九〇年頃からは、「しゃべってるともう陰々滅々になる」点でもふたりは和し、「あかんなあ、こんなことではあかんなあ」と日本の前途についてしきりに嘆きあった(前掲『AERA MOOK 司馬遼太郎がわかる』)。

彼らは、日本人が「志を失った」ことに悲観したのである。志とは「自分を越えた、民族としての、あるいは人間としての共通の理想みたいなもの」である。

司馬遼太郎の方法を、梅棹忠夫は学者の立場からこのように語り、評価した。

「彼は非常に論理的ですね。情感でものを言うてるのと違います。じつに精密に、人間の情感をも論理的に分析していく。古文書などを踏まえつつ、さらに人間の心の中に踏み込んでいるところがありますな。人間性の上に立って歴史を考えるというかな。だから、意外な解釈が出てきてびっくりします。乃木大将の評価などもじつにおもしろい。彼は手厳しく乃木さんを書いてます。それに対して「けしからん」という人もいますが、深い人間性の洞察のうえに立ってものを書いていますから、なまじの批判ではかないません」

「いわゆる歴史解釈にしても、学問より一歩踏み込んでいますわな。学者としての歴史家には越えられない線がありますが、それを彼は越えるわけですよ。そしてさっき言うたけど、じつに多くの資料を持っているから、普通の歴史家では歯が立たない」(同前)

ロシア学者中村喜和(よしかず)との対談は「週刊朝日」一九九二年一月三・十日合併号に掲載された。この雑誌で恒例となった司馬遼太郎の「新年対談」である。

司馬遼太郎はソビエト連邦を好まなかった。七三年、モンゴルへの旅の途上でどうしても寄らなければならなかったソ連では、その官僚制のひどい不効率に、めずらしく怒りを爆発させそうになった。

しかし近代以来ロシアは日本の主題のひとつだった。国防と文学の両面から、ロシアは日本に深刻な影響をおよぼした。ロシア語を大阪外語で一年間習ったことがあってもロシア文学に沈潜する経験を持たなかった司馬遼太郎だが、日本近代史の小説的造型を生涯の仕事とした彼は、どうしてもロシアとロシア人という重たい主題に取り組まざるを得なかった。

司馬遼太郎自身、こう書いている。

「私も、世に経(ふ)りてしまった。

ふりかえってみると、ふしぎな――やや滑稽な――過ごしかただったようにおもえる。とくにロシアについてである。べつにロシアそのものを考える義務をたれから負わされたわけでもないのに、ロシアが関係する二つの作品(『坂の上の雲』と『菜の花の沖』)を書くために、十数年もロシアについて考えこむはめになった。そのことは、私の年齢の四十代と五十代でおわったはずなのに、余熱がまだ冷えずにいる」(「あとがき」『ロシアについて』)

ところで、中村喜和が司馬遼太郎の『ロシアについて』に対して以下のように論評したのは二〇〇一年のことである。

「司馬遼太郎氏はその著書の中でクルーゼンシテルンを一方的にもち上げ、レザーノフを「いいかげんな男」とか「悪党」とののしっているが、的はずれな判断と言わなければならない」(中村喜和『ロシアの風』)

レザノフは一八〇四年(文化元)長崎にロシア皇帝が派遣した最初の使節であり、クルーゼンシテルンはその乗船の船長である。長崎で半年も幕府に待たされたあげく交易を拒絶されたレザノフは、部下に命じてサハリンとエトロフの日本人番所を攻撃させた。この事件はやがて、日本側がロシア海軍士官ゴロヴニンを捕虜にし、ロシア側は報復措置として商人高田屋嘉兵衛を捕える騒動に発展した。

レザノフの評判は、そんなわけで昔から日本では悪かったのである。一方クルーゼンシテルンはカムチャツカにレザノフをおろすとさらに航海をつづけ、一八〇六年、世界一周の偉業をなしとげた。『菜の花の沖』を書くにあたって、このあたりの経緯を司馬遼太郎は徹底して調べた。クルーゼンシテルンの航海回想録は彼の少年時代からの愛読書でもあった。

司馬遼太郎はレザノフを、「子供っぽい皮膚と唇の薄い容貌をもち、どこかヒステリックな未婚女性を思わせる貴族」とかなり手ひどく描写した。

「クルーゼンシュテルンは、やがてその「赤蝦夷」の大親分ともいうべきN・P・レザノフをのせて日本にやってくる航海家なのである。もっとも、この航海家は、「赤蝦夷」の大親分——露米会社の代表レザノフ——を国家のためにいかがわしく思い、かつ好まなかった。レザノフは、いやな野望をもつ、いやな男だった。こういう後世のわれわれの印象と、じかにレザノフに接したクルーゼンシュテルンの印象とが一致しているのである」(前掲『ロシアについて』)

中村喜和はこれをいっているのだが、彼の反論の根拠は、近年ロシアで公刊されたレザノフの日記や書簡などをまとめた『コマンドール』であった。それによると、レザノフは必ずしもクルーゼンシテルンの描くような悪意・酷薄の人物ではなく、露米会社と、そこでのレザノフの仕事ぶりも、司馬遼太郎のいうような無法なものではなかったようだ。ロシアにおけるレザノフの悪評は、日本を交易の場に引き出せなかったことと、海上経験のないレザノフが自分の上官に据えられたという、クルーゼンシテルンの怒りからの誣告(ぶこく)ゆえであったらしい。

しかし『コマンドール』のロシアでの公刊は一九九五年のことで(二〇〇〇年に日本に関わる部分が邦訳され『日本滞在日記』として岩波文庫から出た)、『ロシアについて』執筆時はもちろん、対談のときにも知られてはいなかったのである。

国立歴史民俗博物館副館長佐原真との対談も、「週刊朝日」の「新年対談」として一九九四年一月、二回にわたって掲載された。テーマは江上波夫によって四八年に唱えられ、まさに一世を風靡した感のある、日本古代の「騎馬民族征服王朝説」および「縄文文化」であった。

江上説は発表当時から民俗学者、考古学者の批判を浴びていたが、根強く日本人の心に残った。背景には、朝鮮半島を植民地支配したことへの贖罪意識、天皇家の聖性を否定したい左翼史観、そして騎馬民族そのものに対して抱く爽快感と国際性への憧れの気分があった。その結果、専門家は多く懐疑的、というより否定しているのに、一般人はこれを支持するという奇妙なねじれが生じていた。

佐原真は、九〇年代に入るとこのようなねじれを正すべく、「騎馬民族説」否定の先鋒となった。その否定論を、食習慣、去勢、犠牲の三点の指標から展開した本が『騎馬民族は来なかった』(一九九三年)であった。

食習慣では、弥生時代にはいたブタやニワトリが時代が下るに従って消えていく傾向と、奈良時代には乳製品を好んだ天皇家が、すぐに「乳離れ」をしてしまうことなのである。
どを示した。遊牧には不可欠なオスの牛馬の去勢は日本では行なわれず、牛馬を殺して血を流し、天に供する「犠牲」も、日本では不浄としてしりぞけられつづけてきたのである。

司馬遼太郎が江上説に賛成していると考えた佐原真は、対談の席に緊張感を持って臨んだが、モンゴルに憧れつつ遊牧生活について学び、ことに去勢技術の有無が「騎馬民族説」の命運を分けると考えていた司馬遼太郎だから、心配にはおよばなかった。

九四年に発見された青森県三内丸山遺跡は司馬遼太郎の深甚な興味をかきたて、一年後にもそれを主題に再び佐原真と対談した。三内丸山遺跡における縄文人の生活ぶりは、憂国のことのみ多い九〇年代の司馬遼太郎を大いに慰めた。

司馬遼太郎は佐原真にこう語って二度目の対談を終えた。

「私はほんの十年ぐらい前まで縄文時代を暗黒の時代だと思っていました。文明の刺激がなければ人間というものはずっと暗黒のまま過ごすんだと思っていました。ところが、このごろの考古学の発達で、縄文時代は素晴らしい暮らしの文化があったということがわかった。おかげで、気持が愉快になっています。そして、彼らの意識もきっと広かったに違いない。そう思うと、大げさでなく遠い過去に光が満ちているようで、今日はおかげさまで元気になりましたな」(「縄文人の精神世界」「現代」一九九五年

二月号）

井筒俊彦は博学と志の巨人であった。彼は、イスラム原理主義哲学を、禅、密教、ヒンドゥー教、道教、儒教、ギリシャ哲学、ユダヤ教、スコラ哲学などと比較検討、意識の深層面で体系化することに成功した。

戦前の慶応大学で英文学を専攻したが、すぐにイスラム学に転じた井筒俊彦の外国語能力はまさに天才的で、三十数カ国語ができるといわれた。

一九八三年に井筒俊彦が朝日賞を受賞した折、朝日新聞記者砂山清が「語学伝説」の真偽を尋ねてみたところ、六十八歳の彼は答えた。

「いや、ほとんど忘れましたよ。いま使えるのは、英、仏、伊、西、露、ギリシャ、ラテン、サンスクリット、パーリ、中国、アラビア、ペルシャ、トルコ、シリア、ヘブライ語ぐらいなものです」

カナダのマックギル大学教授を経て、七九年のイラン革命までイラン王立アカデミー教授をつとめていた井筒俊彦と司馬遼太郎の対談は、九二年十一月になされ、九三年一月号の「中央公論」に「二十世紀末の闇と光」と題して掲載された。

「しかし井筒さんは、そのような今日的話題から超然とされていて、ひとこともふれられず、できあがった誌面をみると、その十九ページだけが、古代インドの菩提樹の下のようにしずかで、井筒さんのまわりにのみ、虚空がほのかな光の輪になっているようだった」(司馬遼太郎「アラベスク——井筒俊彦氏を悼む」「中央公論」一九九三年三月号)

対談から二カ月後の九三年一月、司馬遼太郎ははじめて台湾を訪れていた。同行したのは陳舜臣であった。

高雄のホテルに到着すると中央公論社の編集者山形真功が、玄関に立っていた。彼は井筒俊彦の突然の死を告げた。七十八歳であった。

「かたわらにいた陳舜臣氏の表情が、ゆがんで白くなった。

陳さんも私も、前後左右の年齢の人の訃報にはおどろかないとしになっていながら、このときばかりは、自分をうしなった」(同前)

井筒俊彦に最後に会った人間として「誄詞(るいし)こそしかるべきである」と山形真功にすすめられた司馬遼太郎は、急ぎ長い弔文をしたためた。

ロナルド・トビは司馬遼太郎との最後の対談者である。朝日新聞社の書籍PR誌「一冊の本」での「異国と鎖国」がそれで、なされたのは一九九六年二月六日であった。

ロナルド・トビは、四二年ニューヨークに生まれたユダヤ系アメリカ人である。コロンビア大学を卒業すると、六五年、日本企業に勤務して東京に来た。東京のみならず東アジア全体でいちばん高い建物が、大久保の早稲田大学理工学部十四階建てという時代であった。

その後、東京外語大、早大、東大、慶大で通算八年間学んだ。専門は「江戸時代の外交」である。問われてそう答えると日本人はみな笑った。鎖国していた江戸時代に外交などなかった、と思っているのである。九五年には京都大学人文科学研究所の客員研究員として京都に住み、日本での生活は都合十年間におよんだ。

その間、東京はかわった。

「銀座線・丸の内線のみの二本の地下鉄は、十本以上にも増え、東京の地下鉄路線図は、きれいな色のスパゲティをからませた絵に見えるほど」(ロナルド・トビ「京都から視る」「一冊の本」一九九六年五月号)になった。

八四年、ロナルド・トビはプリンストン大学出版局から『近世日本の国家形成と外交』を出し、九〇年にはその日本語版を刊行した。その骨子は、日本には江戸時代から外交関係があり外交担当者もいて、窓口を一本化したためかえって対外的に安定したし、外国情報を収集しつつもそれを集約し得たから国防的にも有利であった、というものであった。

一方で「鎖国」状態は、日本中心の小さな「華夷」観を形成する弊はあったものの、それによって根本的に精神を損なわれるほどのことはなく、開国・近代化以後、世界的外交論理に組み込まれることを迫られたとき、それに対応できるだけの国家的精神力とアイデンティティを持てたのもそのおかげだ、と彼はいうのである。

ロナルド・トビは対談に慣れていないようすで、整理された原稿ではうかがえないが、最初の三十分間はひとりで興奮気味にまくしたてた。しかしやがて司馬遼太郎に穏やかになだめられて落着き、司馬遼太郎のいる席がいつもそうであるような、なごやか、かつ知的刺激に富んだ談笑の場が回復した。

対談の六日後、司馬遼太郎は急逝した。ロナルド・トビとの対談草稿は司馬遼太郎の閲をついに得られなかったが、みどり夫人の判断のもとに雑誌掲載された。

最後の対談者となったロナルド・トビは、「対談のあとで」という短い原稿を掲載誌の末尾によせている。

「司馬さんの著作はこれほど読まれ親しまれているのに、なぜ川端や三島あるいは安部公房や大江健三郎のように、外国語に訳され、読まれていないのだろうか。それは、氏がまず日本人に向かって、自分たち日本人を問う姿勢を一貫して取っているからだと思う。そして外国あっての「日本」をしっかり認識した上で、初めて「世界」に出ることができると考えておられたのではないか」

ちょうど対談をした頃から、ロナルド・トビは『男はつらいよ』の映画をビデオ版で見はじめていた。留学生時代にも二、三本見たことはあったが、京都滞在中にそれを全部見てしまおうという気になったのは、四十七本の「フーテンの寅」シリーズが、彼が肌身に知る高度成長期からポストバブルに至るまでの日本現代史と、その「風景」の反映になっていると気づいたからであった。

すべてを見終るのと帰国がちょうど重なった。それは九六年の初夏であった。イリノイ大学に落着いた頃、「寅さん」こと渥美清の訃報がロナルド・トビを追いかけてきた。

彼は書いた。

「「寅」は、私の心に訴える何かがあった。私には、柴又や帝釈天のような「故郷」になるところはもうないのだが、数十年にわたって、渡り鳥のように日米間をいったりきたりしている。どちらが「柴又」なのか、どちらが「旅の空」なのか、自分でわからない時もある」（ロナルド・トビ「ミヤコの異人」「一冊の本」一九九六年十一月号）

最後に、司馬遼太郎の方法について示唆的な発言・文章をいくつか抜いてみる。

はじめは司馬遼太郎自身の言葉。五六年、第八回講談倶楽部賞を『ペルシャの幻術師』で受賞したときの「当選の辞」である。

「私は、奇妙な小説の修業法をとりました。小説を書くのではなく、しゃべくりまわるのです。小説という形態を、私のおなかのなかで説話の原型にまで還元してみたかったのです。こんど、その説話の一つを珍しく文学にしてみました。ところがさる友人一読して「君の話の方が面白えや」、これは痛烈な酷評でした。となると私はまず、私の小説を、私の話にまで近づけるために、うんと努力をしなければなりません」

満洲・四平（しへい）の戦車学校にいた時分から、司馬遼太郎は「しゃべくりまわる」ことで有名な士官候補生であった。おもしろかったがうるさかった、というのが同期生の感想である。

彼はそこで「説話」を「文学化」する方法を無意識のうちに追い、これに二十代における仏教の勉強を加えた。最後に三十代前半までの「理論との格闘と訣別」が司馬遼太郎をして司馬遼太郎たらしめたのではないかと私は考えている。

つぎは出久根達郎の言葉である。

出久根達郎は『竜馬がゆく』を愛読した。何度も読んだ末に「この小説には人物が何人登場するのか数えてみようとヘンなことを考えた」。

上下五人の誤差はあるが、「一一四九人」というのが熱意の末にもたらされた答である。その一一四九人プラスマイナス五人について、一行でも二行でも特徴なりエピソードなりの記述がある、と出久根達郎はいうのである。

「とりわけ一瞬でも竜馬と行きあった人たちは、一般的にはいわば無名の人でも、この人はこんなことをした人です、とちゃんと書いてある。物語に影を落としている。べつに歴史小説にかぎらず、どんな小説でもふつうはこんなフォローの仕方はしません。すごいことだと思いませんか」(出久根達郎「竜馬と遼太郎」司馬遼太郎記念館講演会シリーズ第四回、二〇〇二年十月)

すなわち「歴史を俯瞰する方法」とは、一部不用意かつ性急な人がいうような、無名人を無視する英雄譚ではないのである。

最後は『草原の記』に付された山崎正和の解説。

「人間の歴史など、ひょっとすると本当はつまらないものではないのか。歴史を作る、歴史に生きると、人類はむきになってきたが、この世には歴史をものともせずに生きる、という生き方もあるのかもしれない。『草原の記』は、そんなことを思わせる本である。そして、ある意味では恐ろしいこの反・歴史文学が、日本を代表する歴史文学者の手によって書かれたことが、私の胸をうった」

『草原の記』が書かれて四年後、司馬遼太郎はきらめく塵となって虚空に還った。遥かにいえば、元(げん)の北帰(ほっき)に似ているようにおもえる。(司馬遼太郎『草原の記』)

(文春文庫、全十冊、二〇〇六年四月—十二月)

大阪的作家の「計量」と「俯瞰」の文学

――『幕末維新のこと――幕末・明治論コレクション』

司馬遼太郎『竜馬がゆく』は、彼が専業作家となるまで記者として在籍していた産経新聞に一九六二年六月から連載され、六六年五月に終った。単行本にして五冊、のちに刊行された文庫版では八冊分におよんだ。

それは従来の坂本龍馬像を変えたばかりか、時代小説そのものをも変換したといえる作品であった。維新の志士であったはずの龍馬は、そこでは国際貿易をめざす結社の明るい頭領であった。坂本龍馬は、全国二百六十余藩のゆるやかな連合体であるような政体を廃して統一国家とすることが、世界相手の貿易業を自在たらしめる必要条件と考えた。倒幕はその十分条件で、龍馬は革命家というより、革命のお膳立てをする「周旋家」または司馬遼太郎の言葉を借りれば「奔走家」であった。

三十二歳で死んだ坂本龍馬の人生を、「青春小説」のよそおいで記述した『竜馬がゆく』は、それまで時代小説の主人公にありがちな虚無的性格、あるいはその対極の「人間の完成」をめざす「修養主義」とは縁が切れていた。そうして、作家の生理から発した「余談」と「脱線」に傾きがちな軽快な話体は、連日連載という新聞小説に適していたのみならず、背景に浩瀚(こうかん)な知識の集積がうかがえる「余談」や「脱線」こそ歴史の本質に触れていると読者は感得したのである。それはまさに大衆小説の、また日本近代文学の「革命」であった。

先に「坂本龍馬像を変えた」と書いたが、司馬遼太郎『竜馬がゆく』まで、むしろその人物像は不鮮明だった。

脱藩土佐郷士の坂本は、仇敵同士として相容れなかったはずの薩摩藩と長州藩を斡旋し、倒幕を前提とした軍事同盟を結ばしめた。西郷隆盛と木戸孝允(桂小五郎)、敵対する両者に信を置かれた人物は、海援隊以外に所属を持たない坂本だけだったのである。また維新直前には新国家の政治方針をしめしたメモ「船中八策」を草し、由利公正(三岡八郎)、福岡孝悌、木戸孝允が字句の修正と並べ替えを行なって「五箇条の御誓文」となった。坂本の死後、その海運事業を受け継ぎ、新政府との強力なコネを生かして後年三菱財閥をなしたのは岩崎弥太郎であった。

これらのことは維新革命後まで関係者に知られていた。しかし、革命前年に死んだ坂本の記憶は、土佐藩出身者が新政権主力とはなり得なかったこともあり、やがて薄れた。

彼が再び、というより、ほとんど初めて広く日本人の念頭にのぼったのは日露戦争終末期であった。一九〇五年(明治三十八)五月、バルト海からはるばる地球を三分の二周して回航される、五十隻におよぶロシア・バルチック艦隊と連合艦隊との海戦が間近と予想されたが、この海戦に連合艦隊が敗北すれば日本は亡国となる。維新革命の成果は一挙に失われる。かりに敗北しなくとも敵艦隊主力の一部でもウラジオストク軍港に入ってしまえば、日本の兵站線は海上で破壊され、満洲平原に展開する陸軍は立ち枯れる。

そういう危機意識は日本人全員に共有されており、明治天皇妃美子(はるこ)、のちの昭憲皇太后も例外ではなかった。そんな時期、皇后は就寝中の夢に「白衣の人」を見た。その白衣の人は皇后に、海軍のことをよく承知している自分が海戦は勝ちに終ると予言する、どうかご心配なさらぬように、といい置いて去った。皇后は数日後にも同じ夢を見た。

一度ならず二度までも、と不思議の思いに駆られた皇后は、宮中御用をつとめていた田中光顕に夢のことを話した。すると田中は、それは坂本龍馬というものでしょう、と答えた。皇后の話と平仄（ひょうそく）が合うからだけではなく、維新後の政府では薩摩と長州におくれをとって田中自身のように閑職に追いやられたり、板垣退助のように野に下る者が少なくなかった土佐藩出身者の存在感を増すための好機、そう田中がとらえたためでもあった。

この挿話は、一九〇五年五月二十七日と二十八日の日本海海戦に連合艦隊が奇跡のような完勝をおさめたのち、広く知られるところとなった。しかしやはり時の流れとともに坂本の印象は薄れ、大正から昭和戦後にかけて多く生産された「幕末もの」の小説でも映画でも、敵役は新選組であり、ヒーローは桂小五郎であった。坂本龍馬の名前は司馬遼太郎による再々度の発掘『竜馬がゆく』によって不滅となったのである。のみならず以後は、司馬遼太郎の造形を離れて坂本龍馬が日本人にイメージされることは二度となかった。

司馬遼太郎の坂本龍馬は、明るい人柄の青年であった。自意識に悩み、自意識をもてあます「日本近代文学」の主人公たちとは程遠い存在であった。自分を軽く考え、それでいて、いやそれだからこそ、自在な行動力を発揮し得たとされたのである。

坂本が斡旋した薩長巨頭会談では、西郷隆盛と木戸孝允、どちらも本題に入ろうとはしなかった。面子の問題というより、先に提案し、懇願した方が風下に立つことになるという「外交」の戦いである。場は膠着した。木戸はあきらめて引き上げようとする。木戸を引き留めた坂本はひとりで西郷に会い、「長州はかわいそうじゃないか」とだけいった。理屈の説得ではなかった。司馬遼太郎は、この一言で西郷は頓悟して木戸との再度の会談に臨み、歴史は大きく動いたのだとする。

司馬遼太郎はいう。

「どうもものごとをつくるのは、結局は、つくる人の魅力なんだということになるのではないかと思って、ものをつくっていく場合の魅力とは何だろうということを考えたのが、『竜馬がゆく』という小説のたった一つのテーマでした。別に龍馬の伝記を書こうと思ったわけでもなく、「長州がかわいそうじゃないか」という言葉の背景に、龍馬の人柄と半生を書こうと思っただけのことでした」(「坂本龍馬と怒濤の時代」)

軽い筆致で書かれてはいるが、これは大正期以来の日本近代文学が大切にしてきた「内面」と「内面」表現への距離感をしめした言葉、あるいは嫌悪の言葉であろう。

司馬遼太郎はつづける。

「ところが、もっと考えてみますと、龍馬は藩に相当する海援隊を持っていた。この海援隊は五、六万石の力があるだろう、といわれていたぐらいです。実際はそんなに力はないので、多分に龍馬のホラが入っています。しかし、何といっても西洋式の機帆船を持ち、しかも浪人結社を長崎に持っているのですから、力といえば力なのですが、小藩ぐらいの軍事力はあるだろうと思われていた。

そういうものを背景にしてしか、発言というものは力を発揮しないものだ、そうでなければ評論になるということを、龍馬は知っていたようです」

交渉力・外交力の背景には武備と資金が必要というリアリズムを、司馬遼太郎は元来持っていた。

さらに、その坂本の資本が、薩摩、長州、越前、それに下関の豪商から集めた株式会社方式で形成されたこと、また新政権成立後にはどんな役をもとめるかと西郷に問われたとき、役人になりたいために革命をするのではない、自由な貿易をするために統一国家が必要というだけなのだから、かなった暁には「世界の海援隊でもやる」と坂本が答えたことも司馬遼太郎の意に沿った。

坂本龍馬は政治家ではなかった。革命家でさえなかった。その合理主義が、商人のリアリズム、大阪的リアリズムでつくられていたという意味では、司馬遼太郎は坂本の同類・同志であった。そのように見切ったとき、『竜馬がゆく』の文学に「あたらしさ」が付加されたのである。司馬遼太郎はまさに大阪の人であり、その作品は大阪の文学であった。

司馬遼太郎（福田定一）は今次大戦末期、大阪外国語学校を繰り上げ卒業して入営した。満洲・四平（しへい）の戦車学校で教育を受けたのち、東満で戦車四輛の小隊長となった。機械オンチで方向オンチの自分が小隊長とは陸軍の人材払底ぶりも膏肓に入った、と本人があきれた。終戦は内地決戦に備えた栃木県佐野で迎えた。二十二歳になって八日後のことであった。

終戦後、大阪の実家は空襲で焼けていたので、奈良県の母の実家へ帰り、当時雨後の筍（たけのこ）のように生まれていた小新聞社のひとつに勤めた。しかし最初の新聞はすぐに潰れ、つぎに新日本新聞社に入って、京都支社の京大記者クラブに配属された。この新聞も一年ほどで倒産、一九四八年五月に産経新聞京都支局に入社した。担当は引き続き京大と宗教関係、つまりお寺さんであった。

この時期、京大構内は革命前夜の様相を呈していた。それほどに共産主義・社会主義は戦後青年の心をとらえていた。だが、ついこのあいだ無残な敗北で終った戦争も戦時社会主義体制のもとで戦われたのだし、「一億火の玉」の精神も「イデオロギー」

の産物に過ぎなかったという事実は想起されないようであった。現実に、大学を一歩出れば、街は日常の平和と静けさを保ち、革命の気配などみじんも感じられなかった。集団を警戒し流行イデオロギーを嫌悪する司馬遼太郎は、大学よりも、京都市内の寺の取材を好んだ。そうしてもともとの仏教への興味を嵩じさせた彼は、「宗論なら誰にも負けない」と自負するまでに知識を積んだ。

真言密教と空海への興味は、この頃すでに彼の内部にきざしていた。鴨川上流の集落のさらに奥、真言宗志明院を京都御所の人から紹介してもらって訪ねたのは、四九年頃であった。役の行者が七世紀なかばに草創、八二九年に空海が再興したとされる志明院には、京都の夜の明るさに閉口した「物の怪」たちが、近年は闇をもとめてここまで逃げてきているという話を聞いたからである。

実際「物の怪」は出た。夜になると部屋の障子や襖を叩く音がする。屋根の上で四股を踏む音がする。しかし外に出てみても何もない。行者が「九字の印」を切ると、竜火なるものが浮かび上がってくる。合理主義を旨とした作家司馬遼太郎は同時に、孔子いうところの「怪・力・乱・神」を、否定しない幅広い精神の持主であった。後年、宮崎駿と対談したとき、志明院での「物の怪」体験を司馬遼太郎は語った。以前から「森の精霊」に深い興味を抱いていた宮崎駿は、そのとき受けた刺激をひとつの契機として、やがて『もののけ姫』という作品をつくった。

司馬遼太郎が大阪本社勤務となったのは五二年夏、文化部に移ったのはその翌年で、このとき松見みどりと同僚になった。司馬遼太郎二十九歳、松見みどり二十三歳である。松見みどりは料理担当記者であったが、「塩一グラム」を「塩一キログラム」と書いたり、ピーマンの皮を剥いて種だけ残ったヘタを手に途方に暮れたりする女性であった。向かい合ったデスクの上の乱雑さで、また「凶暴な方向オンチ」ぶりでも部内で一、二を競うふたりが「トモダチ」から「コイビト」になったのは、五三年暮れから五四年にかけての頃であった。

当時の恋人たちはみなそのようだったのだが、ふたりはよく歩いた。歩くことがデートであった。しかし大阪の街区でも、奈良へ出かけても、必ずといっていいほど道に迷った。なじんだはずの京都でさえ、「司馬さん」(結婚後も福田みどりは司馬遼太郎をそう呼んだ)は目的地にたどり着けなかった。そんなとき人に道を尋ねるのは物おじしない性格の松見みどりであった。しかし彼女は近眼のうえに慌てものだから、おなじ人に何度も聞いて、「あんた、三度目でっせ」といわれたりした。その人が連れていたイヌは、懐かしげに彼女に尾を振った。

「あのな、あんた。つまり、僕の嫁はんになる気はないやろな」

司馬遼太郎が松見みどりにプロポーズしたのは、五五年夏の夕方、市電の桜橋停留所でのことだった。電車待ちの人々が、いっせいに視線を向けた。みな、なりゆきを期待する気配である。彼女は何も答えず、横を向いたままでいた。暑気あたりした見知らぬ男の独り言にごまかしたかったのだが、顔があからんだのでうまくいかなかった。

自分は結婚に向かない女だと固く信じ、この人なら間違っても「結婚しよう」などといわないだろうと安心して「コイビト」になったのに、と彼女は思った。とまどった末に友だちに借金して、ひとりで旅行に出かけた。それは司馬遼太郎と生涯をともにする覚悟を決めるために必要なプロセスであった。

結婚は五九年一月。新郎三十五歳、新婦二十九歳。式に参列したのは主賓の今東光夫妻と職場の同僚三人、新婦の女学校時代の友人ひとりだけであった。同僚で、のちに評論家となった俵萠子などは、大阪の小さなホテルにきてくれといわれただけだったので平服で出向き、現場で初めて「結婚式」だと知った。

新婚の二人は西長堀のマンモスアパート十一階建ての上階1DKに住み、そこからキタの桜橋にある新聞社に通った。司馬遼太郎はそこで、志明院での不思議な体験を生かした時代小説『梟の城』を書き継いだ。

そのマンモスアパートが、旧土佐藩大坂屋敷の跡地に建てられていると知ったのは、住んでしばらくのちであった。かつての土佐藩の経済活動の中心地であり、龍馬の死後、その船と資産を受け継いだ岩崎弥太郎の「三菱」が育った地であった。敷地内の神社を守るのが三菱の退職社員だと知ったとき、坂本龍馬の生涯が現代につながる物語として司馬遼太郎のなかに像を結びはじめた。七一年開始『街道をゆく』は司馬遼太郎の代表作のひとつだが、日本文化の特性を地形と封建期の豊饒さに見る方法の、それは端緒でもあった。

仏教系の新聞に連載された『梟の城』は六〇年一月、直木賞を受けた。新聞記者の仕事が好きであった司馬遼太郎だから大いにためらったものの、多忙に耐え得ず六一年五月、新聞社を辞めた。十五年間の実り多いジャーナリスト生活であった。

六二年、『竜馬がゆく』の連載開始に先立って産経新聞社長の水野成夫は、「吉川英治並みの稿料を出す」と豪語した。司馬遼太郎はその破格の稿料を、ほとんどすべて資料・史料の収集のために費消した。そのやりかたもまた、のちの『坂の上の雲』に引き継がれ、司馬遼太郎が長編に着手する前には東京・神保町の古書店から関係書籍がすべて買い取られて消える、という都市伝説が生まれた。

六四年三月、司馬夫妻が東大阪市中小阪の家に移ったのは、無限に増殖するかのような資料の置き場に困じ果ててのことであった。後年まで懐かしんだ西長堀マンモスアパートの生活が終ったこのとき、福田みどりも退職した。それは、考えることと書くことが生活のすべてであるような作家、散歩であれ取材の旅であれ含蓄ある雑談の相手であれ、すべての面で妻の助力を必要とする作家と伴走するためのやむを得ない選択であった。こうして私たちはひとりの偉大な作家を得たが、ひとりのユニークな女性記者を失ったのである。

関係者が口を揃えた東京住まいへの誘いに、ついに乗らなかった。司馬遼太郎は大阪が好きであった。遠回しな、かつ恥ずかしげな結婚の申し込みをして福田みどりに受け入れられたとき、「もし、大阪中の人が、きみを攻めてきても僕はきみを守ってあげるからね」といい、また「大阪一の新聞記者になりたい」ともしばしば口にした彼は、大阪の土地に根づいた商人的リアリズムこそ自分の文学の神髄であると承知していた。のみならず東京に出て「文壇」の渦に巻かれることを嫌った。文学は司馬遼太郎にとって「芸術」でも「革命」でもなかった。むしろ実業であった。坂本龍馬にとっての貿易業のようなものであった。

だが、彼の代表作のひとつ『竜馬がゆく』の単行本は最初から売れたわけではなかった。第一に、産経新聞出版局から出されなかった。売れないと思われたのである。気の毒に思った担当者が企画を文藝春秋に持ち込んだ。文春でも当初出版をためらったのは、この本はせいぜい三万部と見とおしたからである。司馬遼太郎の本が三万部と踏まれたこと、誰の本であれ大衆文学は少なくとも五万部売れないと版元がいい顔をしなかったこと、いずれもいまでは理解されにくいだろう。

『竜馬がゆく』第一巻「立志篇」(一九六三年)の初版は一万五千部であった。増刷をしても、六六年までに三万部で停滞した。だが六七年、突然売れ始めた。六七年に十六万部、六八年に十四万部をそれぞれ刷り増したのはＮＨＫの大河ドラマ化が直接の契機だが、それ以上に小説の持つ「明るい清新さ」と、その背後のぶ厚い「歴史観」が読者の信頼を得るまでに四年を要したということだろう。

忘れてはならないのは、司馬遼太郎の作品中の人物への視線の注ぎ方である。彼は、歴史にわずかに登場して消えていった人、いわば「舞台を上手から下手まで横切っただけの人物」を無視できない作家であった。このことも、読者が作家を信頼する理由となったはずだ。

『竜馬がゆく』を愛読した出久根達郎は、その何度目かを読み終ったあと、「この小説には人物が何人登場するのか数えてみようとヘンなことを考えた」(出久根達郎「竜馬と遼太郎」)。

数えた結果の答は、前後五人の誤差はあるものの「一一四九人」であった。

「一瞬でも竜馬と行きあった人たちは、一般的にはいわば無名の人でも、この人はこんなことをした人です、とちゃんと書いてある。物語に影を落としている。べつに歴史小説にかぎらず、どんな小説でもふつうはこんなフォローの仕方はしません。すごいことだと思いませんか」

「すごいことだ」と思った私(関川)は、美濃出身の医者で、たまたま井上馨が深手を負ったときに居合わせて外科手術をほどこした所郁太郎や、京都会津藩邸に在任しても戊辰戦争でも何かをなしとげたというのではないのに、熊本五高教授時代のそのたたずまいを小泉八雲に「神のような人」と慕われた秋月悌次郎について司馬遼太郎がしるした文章を、あえて本書中に収録した。

のち、緒方洪庵の大坂適塾入門者名簿に所郁太郎の署名を見出したときの司馬遼太郎の興奮は、別用で高知県庁に赴いた折、たまたま米国在住の婦人から委託された龍馬の北辰一刀流「免許皆伝書」に接したときのそれと等量であっただろう。彼の歴史小説の構造は、細部の緻密な集積によって支えられているのである。

単行本『竜馬がゆく』第一巻は合計七十三万部売れた。最終巻「回天篇」までの全五巻では三百七十万部であった。七五年、八分冊に改編して刊行した文庫版は第一巻だけで二百二十万部出た。それに九八年から刊行した文庫新装版を合わせ、二〇一五年二月までの『竜馬がゆく』総部数は二千四百四十三万部に達した。

司馬遼太郎の、小説以外の歴史に関する書きものと発言が増えるのは、六〇年代終り頃からである。七〇年代以降の日本人は、炉辺に座す知恵ある長老の話を聞くように司馬遼太郎に接したが、その信頼感は、雄大な物語をリアリズムで貫きながら脇役・端役を含む細部への目配りを忘れることがなかった態度、また日本近代文学を愛しながら文壇から距離を置いて「私」を空しくして生涯大阪に住みつづけた作家としてのありかたによるところが多いと私は考える。

（ちくま文庫、二〇一五年三月）

西郷という巨大な謎

——司馬遼太郎『翔ぶが如く(十)』

明治維新は革命であった。しかしその革命は、明治改元前の数年間になされたのではなかった。四半世紀に近い道程がそこにあった。

成熟した封建制は、早くから全国的な商品流通と濃密な貨幣経済の定着による社会構造変化をもたらし、その結果、豪農、豪商という真の実力者を生んで武家を実質的な弱者に転落させていたし、全国の大名で返済できるあてのない民間からの借金に苦しまないものはいなかった。その意味で江戸期の権力は二重構造であった。

そういった傾向が誰の目にも明らかとなったのは寛政年間(一七八九—一八〇一)頃であったから、武家支配の崩壊は長期的には必然であった。しかし、ここに外勢というファクターが強圧的に加わったとき、それは民族主義を促成し、すでに崖の上にあって半ば空中にせり出していた大石の重心を奈落の方向に押し出す契機として働いた。

このようにして革命は嘉永六年（一八五三）に発端した。

では革命の終りはどこか。明治と改元されても、いまだ革命は終らなかった。というより、革命はさらにはげしく流動した。

というのは、廃藩置県、秩禄処分、廃刀令、断髪令の衝撃は、戊辰戦争とおなじくらい、あるいはそれ以上に大きかったからである。士族（武家）という階級の特権がすべて失われ、事実上ひとつの階級が滅びることになる。すなわち、これこそが革命の本質であった。明治十年（一八七七）の西南戦争は、そのような士族の不満、というより強烈な危機意識が呼びこんだ戦争であり、革命完成のためには避けて通ることのできない過程であった。

しかし西南戦争における薩摩士族軍の戦略は不分明であり、戦術は拙劣であった。西郷暗殺を指示したとされる政府、とくに大久保利通と川路利良を指弾し、政権からひきずりおろすというのが進発の名分であったが、その後建設すべき国家像は提示されない。そのうえ、九州から大軍を長駆運用するのに船舶をいっさい考慮せず、政府軍の行動を扼する馬関海峡に注目しない。武器、食糧、情報収集、捕虜の扱い等、ロジスティックスはほとんど無視されたままである。

島津氏は鎌倉期に薩摩に根づいた。以来、薩・隅・日の三州を固有の領地として動かなかったのは、室町から戦国にかけて興亡し、また徳川期に転封を経験した藩とは根本的に性格を異にした。薩摩は人口の四割が士族であるという点で（全国平均は一割）、また中世人のはげしさといさぎよさという性格を長くつたえ、鎌倉期風の個人主体の戦闘を重んじたという点でも他に比類がなかった。

反面、明治政府の情報力は高度で、政府軍の対応は迅速であった。神風連ノ乱の折、虚を衝かれて混乱した農民徴兵主体の国軍兵は西南戦争緒戦でも一部脆さを露呈したが、間もなく戦列をたて直し、意外な強靭さをもって士族軍にあたった。部隊行動を旨とする近代軍たる政府軍は、やがて中世的個人の勇猛さに頼る西郷軍を圧倒した。そうして、はるか後年の朝鮮戦争における国連軍仁川上陸作戦を思わせる八代上陸作戦で西郷軍の退路を絶って脊梁（せきりょう）山脈中に遁走せしめ、勝利を確定した。

こののち全国の士族の乱はやみ、同時に、主として地租改正による物納から金納への転換を動機とした農民の「血税一揆」も終熄、民族主義の色彩を濃く帯びた自由民権運動へと転換していく。武士階級が西南戦争によって完膚なきまでに敗北したとき、嘉永六年にはじまった長い革命は、二十四年におよんだその行程を終えたのである。

ひるがえっていうなら、この戦いに西郷軍が敗れなければ革命は完成しなかったということになる。とすると、たとえば安部公房がその戯曲と小説『榎本武揚』で、戊辰戦争終末期に榎本らが行なった箱館戦争は徳川体制の終焉を決定づけるための「八百長戦争」であったという文学的仮説をかつて提出したが、西郷は一身を滅することで、それよりはるかに巨大なスケールで革命の終了宣言を行なったのではないか、そう考えたい誘惑にかられないでもない。

しかし本来は実力本位の武家が、太平に安んじて社会の寄生的階級となってしまえば、いずれその没落は必然であるとすでに書いたが、その場合彼らは経済的基盤のみならず、その存在理由のひとつであった武士的モラル、たとえば「名誉と恥辱への敏感さ」また「行動とその責任への覚悟」といったものをも、ともなって去るのである。明治日本は、革命の直接契機となった防衛的民族主義を基軸に展開していくのであるが、日露戦争後には社会の大衆化とともに、それが過剰防衛型民族主義に転換していくのは、そのようなモラルの背骨を失ったからだともいえる。

では、鎌倉的武士の原型ともいえる西郷の思想と理想とはいかなるものであったか。西郷自身が「道義の結晶体」と見えはしても、その実像と考えがわかりにくいのは、残した書きものがほとんどなく、彼の言葉を聞いて後代につたえた例も少ないからである。西郷に心ひかれ、西郷という存在を敬愛した司馬遼太郎も、さすがにこれには苦しんだ。

「道を同うし義相協ふを以て暗に聚合せり。故に此理を益研究して道義に於ては一身を顧ず必ず踏行ふべき事」

「王を尊び民を憐むは学問の本旨。然れば此天理を極め人民の義務に臨ては一向難に当り一統の義を可相立事」

私学校設立時に西郷が執筆した綱領の二条である。

「ただ白と黒の区別があるだけである。心に慮りて白と思えば決然として行うべし。しばらくも猶予すべからず」

戊辰戦争で敗軍となったが、戦後の公平かつ寛大な処遇によって西郷に傾倒した旧庄内藩士の聞書きである。ここには西郷の陽明学徒的側面があらわれていて、いわば温和な大塩平八郎を想像させ得るが、いかんせん材料が不足している。まして、革命後の日本がかくあるべきと彼が抱いたイメージは、とうていうかがい知れない。司馬遼太郎にとってもついに西郷は謎であった。明治二年を境目に、西郷像はより結びにくくなる。

　三十代の機略に富んだ革命の動力源・西郷と、しきりに「自己放下」の衝動を発して「歴史の中に帰りたいそぶりを見せる」四十代の西郷は別人かと思われる。参議として太政官に出仕しても、まるで弁当を食べにきたかのようで、板垣退助と戊辰の役の思い出話ばかりしていたという大隈重信の評言は、もともと大隈が西郷に対して批判的であった事実を割引いても、一面の真実をつたえているだろう。明治二年の帰郷の折に猟に出て山中で転倒、切株で頭部を強打して、なにかしら器質的変化を呈していた可能性もあながち無視できない。

司馬遼太郎はいつも史料を学びながら、またそれをもとに考えながら小説を書いた。研究と執筆は同時進行であった。読者もまた、司馬遼太郎の発見と思考の過程を追うことを読書のたのしみとした。

だが『翔ぶが如く』での西郷像は、書き進むうちに水面に映る影のように揺らいだ。西郷の実像を摑みかねるもどかしさがあったものか、司馬遼太郎自身「あるいは斧をふりあげてたち割ってもなにも出て来ないかも知れない」としるしてもいる。

西南戦争勃発後となると、桐野利秋、篠原国幹(くにもと)らの背後に、西郷はその姿を好んで隠してしまうかのようである。水面の揺れはことさらに増す。

一方司馬遼太郎が、その構想力と意志力を大いにみとめつつも、「有司専制」という国民国家建設初期の方針が日本の国家的性格を決定づけたとして批評的態度で接しようとした大久保利通、川路利良ふたりの像は、やはり書きもの聞書きともに少ないにもかかわらず、次第に紙上で鮮明さを増すのである。彼らのなした仕事そのものが多くを語るというべきか。

西郷が「征韓論」でもくろんだのは「革命の輸出」であった。その当の韓国に西郷死後九十年にして出現した大統領、朱子家礼の名分論が支配するコリア文化にあっては異端の合理主義者朴正煕は、折しも『翔ぶが如く』が連載中の一九七二年、「維新憲法」を制定し、自らの体制を「維新体制」と命名した。「近代化」を自分の責務と考えた朴正煕が学ぼうとした相手は、旧体制の既得権益を顧慮せず、その描いた青写真の実現のために敢然と前進した大久保であり、西郷ではなかったのである。

「東洋的徳治」を理念とし、いわば「尭舜の世」をめざした、とめずらしく司馬遼太郎が抽象的に書くほかなかった西郷は、強烈な郷党主義者の側面を併せ持ち、結局それが西南戦争につながったのだが、郷党主義ほど近代化にそぐわぬものはない。現に韓国では現在も郷党対立に悩みつづけている。その意味で西郷は「郷愿（きょうげん）は徳の賊なり」という『論語』の一節を、一身をもって実証したかのようでもある。

「僧院の陰謀家」と司馬遼太郎が嫌った山県有朋でさえ、費した言葉の分量のわりには輪郭がはっきりしている。「臆病な」山県的性格を、逆にもっと色濃く引き継いだなら、昭和の戦争における日本陸軍のロジスティックス軽視、兵力の逐次投入という致命的悪癖もいくらか軽減されたのではないかと思わせもする。しかしそれさえ、当時の山県の行動を博捜によって描き出した司馬遼太郎の筆の力が喚起する仮想なのである。

個人の勇気と名誉心を重んじ、戦場では「猪突」を旨とした薩人のスタイル、桐野、篠原らの行動に顕著な美的精神主義は、むしろ昭和陸軍の参謀本部を思わせる。反面、薩摩は島津重豪（しげひで）、斉彬と「蘭癖」の開明的君主を生んだ。幕末における生麦事件、薩英戦争の解決方法には、戦国的現実主義のハビトゥスがうかがえ、それはまさに近代的合理主義に通じた。

鎌倉的構造の上に近代を載せていたような薩摩の存在自体が矛盾であった。そこには気高さと悲劇性が自然に併存した。そして薩摩的なるものの結晶体のごとき西郷隆盛自身もまた矛盾であり、謎であった。それゆえにこそ西郷には未完の可能性が感じられ、大久保・川路的現実を生きることになった民衆に慕われつづけたのである。

明治十年九月、城山にこもった西郷軍が壊滅を覚悟した頃、夜空の一角に不吉な赤さをもって異常に明るく輝く星が見られた。それは大接近した火星であった。

人々はこの星を「西郷星」と名づけ、また同時期たまたま火星に寄り添って淡く輝いた土星を「桐野星」と呼んだ。明治二十四年、ロシア皇太子ニコライ訪日直前には、実は城山で生をまっとうした西郷がニコライと同道して政府叱責のためにのりこんでくるのだという風説が流れた。いったい何を叱るというのであろうか。

「一かけ二かけて三かけて、橋の欄干手を腰に」と西郷の歌は子供たちに永く歌いつがれたが、勝利者であった明治政府も西郷を忘れることができなかった。

東京の上野の丘という、もっとも人目に立つ場所に高村光雲の手になる犬を連れた西郷像を建て、世界にも例のない革命の敗亡者の顕彰がなされたのは、日本文化の寛大さのみならず、西郷が背負ったまま彼方へ持ち去った何物かへの喪失感のいやが上にも深かったことを雄弁に語っているのである。言語化し得ず、したがって近代合理主義には必ずしもなじまないが、失ってはならないと日本人の無意識が命じる旧時代のモラル、それを表現すべく司馬遼太郎は苦闘を重ねたのである。

『翔ぶが如く』は一九七二年はじめから七六年初秋までの四年八カ月にわたって新聞連載された。それは佐藤栄作内閣末期から田中角栄内閣を経て三木内閣へ、またロッキード事件捜査が田中逮捕に至る日月であった。高度経済成長は土地投機ブームと、その直後のオイルショックで終り、「戦後」もまたこのとき終焉したのだが、日本人は新たな時代に対応する目標を設定することができず、しかるに「進歩は善」というセンスにからめとられたままであった。したがって新しいモラルは見出されなかった。すなわちそれは「現代」の出発点であった。

そのような時代の波のただ中にあって司馬遼太郎は「官」への深い失望感から発して、「官」の始源を探りつつ明治国家が喪失したものは何であるかを知るために、この長編小説を書いたのである。

やがて一九八〇年代末のいわゆる平成バブル景気の狂奔に遭遇した司馬遼太郎は、「民」にも失望せざるを得なくなるのだが、晩年に近いその時期に至っても、「生涯を原稿用紙にして、行動とたたずまいをもって思想を書いた人」西郷隆盛への共感と憧憬の念は、「日本とは何か」を考えつづけてやまなかった作家司馬遼太郎の内部に太く息づいていたのである。

（文春文庫、二〇〇二年六月）

「坂の上」から見通した風景
——『明治国家のこと——幕末・明治論コレクション』

一九四五年一月、大岡昇平はフィリピン中部のミンドロ島でアメリカ軍の捕虜になった。マラリアの高熱を発し、敗走する友軍にも見捨てられた三十五歳の老孤兵は、最後の力を振り絞って自殺を試みた。しかし日本軍の手榴弾の質の低劣さが彼を救った。そして無意識のまま米軍に「捉(つか)まった」。

フィリピン戦線に投入された日本兵の七八パーセント、四十六万五千人が死んだ。とくにミンドロ、レイテを含む中部方面での消耗率は九七パーセントにも達した。まさに地獄の戦場であった。

大岡昇平は、捕虜として約一年間を収容所ですごした。文字通り死中に活を得た捕虜たちは、収容所暮らしのうちに一日二千七百キロカロリーという、戦争末期から終戦直後の日本の配給の倍もある米軍「給与」で太り、やがて退屈のあまり演芸大会に情熱を燃やした。大岡昇平は求めに応じて通俗な物語を書き飛ばした。その手書きの回覧雑誌は人気を博し、彼は収容所内の「流行作家」となった。自分は戦後二十年の「堕落」を俘虜の身で先取りしたのだ、と大岡昇平は自嘲した。

四五年八月十日の夜、収容所の空を曳光弾が飛び違った。米軍が演出したその真昼の明るさは、日本のポツダム宣言受諾を祝賀する花火であった。日本の敗戦は、フィリピンでは四日半ほど早かった。

「私はひとりになった。静かに涙が溢れてきた」

大岡昇平は、その夜の思いを『俘虜記』にしるした。

「私は蠟燭(ろうそく)を吹き消し、暗闇に坐って、涙が自然に頰に伝うに任せた」

「では祖国は敗けてしまったのだ。偉大であった明治の先人達の仕事を、三代目が台無しにしてしまったのである」「あの狂人共がもういない日本ではすべてが合理的に、望めれば民主的に行われるだろうが、我々は何事につけ、小さく小さくなるであろう」

大岡昇平は四六年一月はじめ、復員した。捕虜たちをフィリピンへ迎えにきたボロ船の船腹には、かすれかけた文字で「信濃丸」とあった。

「信濃丸」は日露戦争の最後の山、日本海海戦に先立って東シナ海を哨戒した船団中の一隻で、一九〇五年五月、バルト海リバウ軍港からはるばる地球を三分の二周してきたバルチック艦隊の船影を最初に発見、有名な「敵艦見ユ」の無電を打った栄光の船であった。そのあまりの老いかたに大岡昇平は歴史の残酷さを思わずにはいられなかった。

祖国に帰った大岡昇平はその月のうちに小林秀雄を訪ねた。小林は戦場体験を書くよう大岡にすすめた。彼はまず第一章「捉(つか)まるまで」を書き、完本『俘虜記』を刊行したのは五二年であった。

戦車隊小隊長であった司馬遼太郎は、佐々木邦(くに)が「雲の峰日本の夢は崩れたり」と詠んだ四五年八月十五日の敗戦を、栃木県佐野で迎えた。

彼が指揮して朝鮮経由で運んできた軽戦車の装甲は、ヤスリをかければ削れる軟弱さであった。おなじ軽戦車でも、以前の形式のものはヤスリの歯がまったく立たなかった。鋼材は底を尽き、技術はますます軽視され、自分のような学徒上がりの見習い士官が消耗品の小隊長とは、と司馬遼太郎は情けなく思った。

情けなさのとどめは、参謀本部将校の発言であった。防衛隊の責任者が、佐野に出張してきていた参謀本部将校に、内地決戦となれば道路は避難民で埋まり、逆方向の海岸部に向かう戦車の行動は阻害される、その場合の善処方はいかに、と尋ねた。すると参謀は一瞬の沈黙ののち、轢(ひ)き殺して行け、と答えたという。

この話を聞いて、物資や人材の欠乏だけではない、軍隊は国民を守るためにあるというモラルと常識が崩れていると実感した司馬遼太郎は、日本の敗戦を確信した。ついで、このようなモラルと常識の崩れはいつに端を発したのか、という根源的な疑問にとらえられた。近代日本は最初からダメなのか、それともあるときからダメになったのか、それを知りたいという願いが、司馬遼太郎の幕末から西南戦争までをえがいた諸作品、および『坂の上の雲』の根源的な動機であった。

彼がその四十代をほとんどすべて費やし、「フィクションを自らに禁じ」て歴史史料を読み込むことのみで、日露戦争とそれに先立つ時代をえがこうとした長編小説『坂の上の雲』は、日本近代文学の稜線の高峰として完成したが、まずそれが書かれた時期に注目したい。

産経新聞紙上での連載は一九六八年四月に始まり、七二年八月に終ったが、その時期は、いわゆる学生大衆の「反乱」の最盛期とぴったり重なっている。「左翼」信仰が青年層に浸透し、その実践的行動が学生大衆を中心に盛んに行なわれた時代であった。しかし実際は、高度経済成長によって生活水準は日々向上するのに、自分たちの生きる態度と知力はそれに遠く見合っていないと感じる青年たちの焦慮の表現としての騒乱であった。情緒的動機に導かれた集団行動であった。

七一年頃から青年大衆の政治運動が衰退に向かうと、分立した「党派」は逆に尖鋭化した。戦前と同じく、左翼イデオロギーは「水戸学」の裏返しのようで、その精神主義と原理主義の混淆は別党派の小異への攻撃となり、やがて殺し合いに発展した。

そういう時期、祖国防衛戦争と位置づけた日露戦争の物語を発表すれば、左翼テロを誘いかねない危険さえ考えられたが、司馬遼太郎はためらわなかった。彼は、その温厚な印象にそむいて戦闘的な作家であった。

江戸封建制を「アジア的停滞」の典型と見、農民を「農奴」と規定した歴史観が「常識」であった当時、教科書には、日露戦争は日本帝国主義と侵略戦争の端緒であったと書かれたのは、歴史事象をマルクス主義的理論にあてはめた結果にすぎなかった。実証はどこにもなかった。

現実には左翼テロは起きなかった。歴史に興味を抱かず、ただ「理論」にのみ興味があった「左傾青年」は、その一方で、司馬遼太郎作品のテレビドラマ化である『新選組血風録』『燃えよ剣』を好んだ。典型的な「反革命集団」である新選組の物語に当時の左傾青年が感情移入したとは矛盾だが、鉄の組織をつくり上げることを明白な目的とした「青春」に惹かれたのであろう。すなわち彼らは「左翼」ではなかった。未熟な「常識人」にすぎなかった。それでもこの時代、日露戦争を肯定的に分析した小説を発表することは、並の勇気、並の才能にはできなかった。

日露戦争は、極東に露骨な膨張欲をしめすロシアが朝鮮を飲み込んで日本海に制海権を確立し、ロシアの内海化してしまう恐怖から発した。戦場がヨーロッパ・ロシアから遠く離れた満洲、黄海、日本海に想定され、ロシアが兵站に苦労することを計算に入れても、当時世界最大の陸軍国相手では、国力の限りを尽くしても日本に四分の勝ち目しかなかった。それを作戦と兵の練度で五分まで、「広報」と敵の背後攪乱工作によって六分まで持っていく。それが若い「国民国家」日本の戦略であった。

そのためには「世界大戦」化は絶対に避けなければならなかった。「世界世論」が審判となる二国間戦争にとどめることが絶対の条件であったが、当時の世界最強海軍国と結んだ日英同盟がその環境を整備した。それは、極東に利権と海軍基地をうかがう第三国(フランス、ドイツ)がロシア側に立って参戦する場合、英国も日本側で参戦すると約した軍事同盟であった。

全世界の「海上警察」を自認した英国だが、その国力にも陰りが見え、戦艦、装甲巡洋艦合わせて約五十隻を世界の海に遊弋させておくことが負担となっていた。艦隊維持には膨大な費用がかかるのである。かりに極東海域を日本に任せ、ロシア、フランス、ドイツを牽制できるなら、これに越したことはない。日英同盟は英国の好意によるものではなかった。苦しい国家財政事情の中で日本が、戦艦六隻、装甲巡洋艦六隻の艦隊を整えた結果もたらされたのである。

近代戦争の本質は鉄と血の大量浪費であった。同時に「広報戦」でもあることを日本の戦争指導者たちはよく承知していた。二国間戦争である以上、判定勝ちを狙うのが正道だが、その判定者は世界世論であった。それゆえ日本軍は、戦場においてはハーグ陸戦法規を遵守し、また第三国の観戦武官と外国新聞記者の便宜をはかって世界世論を有利に導こうとした。加えて反ロシア勢力の支援を欧州で行なった。

判定者の代表で、かつ仲介者を兼ねるのは、有力な新興国アメリカしかないと見越した日本は、開戦前から細いコネを頼りにアメリカ合衆国大統領に接近した。

すでにそれ以前の一八九八年、キューバを主戦場として勃発した米西戦争には観戦武官を派遣して、精密な戦況調査を行なった。陸軍の観戦武官は、一九〇〇年の北清事変(義和団事件)に際し八カ国連合軍の中心人物となる柴五郎中佐で、海軍は米国留学中の秋山真之少佐であった。

スペイン海軍の基地、サンティアゴ・デ・クーバ軍港の地形は旅順港とよく似ていた。湾口深く引きこもったスペイン艦隊を外海に誘い出すため、米陸軍は背後の高地から軍港を攻撃したが、それも旅順要塞攻略戦の先行例となった。たまらず脱出したスペイン艦隊を米艦隊は港外で捕捉、砲戦で圧勝した。秋山真之は戦闘後のスペイン艦の着弾痕を数え、命中弾と有効弾の比率を精密に計算した。

戦争には欠かせないそのようなリアリズムを語る試みが『坂の上の雲』であった。その史料として当初想定されたのは軍の『日露戦史』であったが、浩瀚（こうかん）な見かけを裏切ってまったく役に立たなかった。勝ち戦の記録の常で、戦功を強調して欲しい指揮官と、失敗を隠蔽したい指揮官が執筆者に圧力をかけたからである。そして、谷寿夫元中将が書いた、より正確な『機密日露戦史』はまだ公刊以前であった。

『日露戦史』の本文を捨てた司馬遼太郎は、そこに付された五百枚にもおよぶ地図に注目した。

戦況地図には戦後の指揮官の恣意はおよんでいない。それを丹念に読み解くことで作戦と戦場の実情を知ろうとした。『坂の上の雲』は「地図の文学化」という前人未到の仕事の成果であった。それは、日本近代文学を愛しながらも、「私」の「内面」

を書くという「私小説」になじめず、また熱に浮かされたような集団の力と、それを生み出す核である「ナショナリズム」をはじめとする「イデオロギー」を警戒し嫌悪した司馬遼太郎だからこそ持てた視線であった。「あたらしい文学」であった。

新聞記者時代の彼は、全国を空撮して、その写真をもとに日本を語るという企画を考えたことがあった。あまりに費用がかかるために実現しなかったが、それは複雑な地形を持つ日本が、いわば「谷神幸わう」国であり、深い谷ごとに独特の文化を生んで本然的に多様であるという考えの実証企画であった。のちに『街道をゆく』で実現されることになるそのような方法は昭和戦前からの「歴史的常識」、江戸時代とその封建制を「アジア的停滞」とする見方への強い疑いから発していた。

司馬遼太郎はこう考えた。

江戸幕藩体制とは、全国二百六十余藩の緩やかな連合体の上に、最強の大名である徳川家が乗った体制で、「中央集権」とは正反対のシステムであり、各藩による地域分立こそが日本の「多様性」をもたらした。たしかに寄生階層となった武士を養う負担は大きく、保守志向が先例尊重傾向をもたらして形式主義をはびこらせはしたものの、十七世紀中盤以降の商業・流通・為替の発達は、「信用」というあらたな道徳と

「価値の計量化」という基準をもたらした。農民は「農奴」などではなかった。欧州のそれより自由度は高く、大名は土地の所有者ではなく課税権を握っている存在にすぎなかった。つねづね「反封建」を高唱する中国や朝鮮の最大の問題は、逆に成熟した封建制を持てなかったことにあるのではないか――

　正岡子規の仕事に興味を持った司馬遼太郎はあるとき松山を訪ね、子規生地の近くに秋山好古、真之兄弟の生家があると知った。官途を事実上断たれた戊辰戦争の賊藩(反革命藩)からは優秀な軍人と文学者が多数出て明治文化の世界史的特性をなしたが、そんな時代精神を体現するような三人が、ひとつの町内出身であったことに司馬遼太郎は強い刺激を受けた。それこそ「封建」の果実、すなわち旧藩と「町内」文化のたまものではないかという考えが、やがて『坂の上の雲』の発想を導いた。

　さらにのち鹿児島を歩いたとき、甲突川(こうつきがわ)下流、七十六戸の下級武士の町、下加治屋町から西郷兄弟、大久保、大山、東郷ら維新革命の英傑のほとんどが出ていることに気づいて、「郷中」文化の濃厚さに圧倒される思いを味わった。そこに「若衆宿」など南方文化(「相撲部屋」などもそうだろう)の色濃い影響を読み取り、やがて西南戦争を「南方古俗」の北方文化への反乱と見る『翔ぶが如く』が書かれた。

　「藩文化」の多様さへの驚きを執筆動機としたそれらの作品もまた、日本列島を俯瞰する「地図の文学化」であった。そこに情緒ではなく、ものごとを計量化する精神、すなわち大阪的リアリズムを貫いて完成させたのである。

弱者の自己認識を怠らず最善の準備を行なった日本は、強国ロシアに挑んで辛勝した。バルチック艦隊の提督が、安全度の高い宗谷海峡を通過する航路を選ばず、最短距離でのウラジオストク入港をもくろんで対馬海峡に向かったのは僥倖であった。しかしそれも日本海軍の周到な準備が呼び寄せたともいえた。

日本海海戦自体は世界海戦史上最高の完勝で終った。しかしそれでも日本陸軍が、限りなく退却をつづけるかのようなロシア軍に奉天以北まで引き込まれたなら、残余国力から見て勝ち目はなかった。そのことを軍・政府ともに強く認識していたから、樺太南部の割譲だけで講和を成立させたのである。

しかし、講和直後の一九〇五年九月五日、日比谷公園に集った群集は「講和反対、戦争継続」を叫んで熱狂し、暴徒化した。多くの人命を犠牲にして、また重税に耐えぬいた末の戦勝なのに賠償金を得られず、本来日本領であった南樺太の割譲だけで終ることに不満な大衆と、それを扇動した新聞は「バイカル湖を日本領土にするまで戦え」と主張した。戦争の正確な計量化を怠り、民族主義の高まりに集団で身をまかせたとき、日本は一九四五年につづく滅びの道を歩みはじめたのである。まことに「成功は失敗の母」であった。

日比谷暴動について司馬遼太郎は書く。

「日比谷公会堂は安っぽくて可燃性の高いナショナリズムで燃え上がってしまいました。〝国民〟の名を冠した大会は、〝人民〟や〝国民〟をぬけぬけと代表することじたい、いかにいかがわしいものかを教えています」(「日本人の二十世紀」)

司馬遼太郎の批判は、いわゆる「六〇年安保」の大衆行動にも向けられていた。さらにはその少しのちの、共産圏とアメリカからの武器援助でベトナム戦争を戦う南北ベトナムへの痛烈な批判にも通じた。

「自分で作った兵器で戦っているかぎりはかならずその戦争に終末期がくる。しかしながらベトナム人のばかばかしさは、それをもつことなく敵味方とも他国から、それも無料で際限もなく送られてくる兵器で戦ってきたということなのである」

「(大国はよくない――関川註)しかしそれ以上によくないのは、こういう環境に自分を追いこんでしまったベトナム人自身であるということを世界中の人類が、人類の名においてかれらに鞭を打たなければどう仕様もない」(『人間の集団について』)

一九七三年にベトナムの土を踏んで、こういう発言をする作家は、まさに孤立を恐れぬ人、時流に抗する人であった。それほどに作家は、「ナショナリズム」と「集団の熱狂」を警戒・嫌悪していたのである。

『坂の上の雲』のラスト近く、日本海の戦場で「三笠」艦上にあった秋山真之参謀中佐は、燃え盛りながら沈む「スワロフ」を眺めながら、ひとつの時代の終りを思った。その瞬間こそが明治日本の、また国民国家日本の「坂の頂上」であった。空に浮かぶ一朶(いちだ)の白い雲はすでに消えていた。彼が頂上から遠く見はるかしたのは、二十世紀の殺伐たる光景であった。ある時代をつくった精神はせいぜい三十年しか続かないのである。

「火事場で梯子(はしご)を組むような国づくりをやっていた」(山崎正和)明治の精神の主調色は、果断と拙速であった。

司馬遼太郎は語る。

「(明治を——関川註)暗い時代としてとらえるか、明るい時代としてとらえるか、これはとらえ方によって違いますけれども、明治は暗い時代であったことはやはりたしかです。近代国家というものは重いものですよ」(「日露戦争の世界史的意義」)

しかし司馬遼太郎は、江戸期の農民は、はるかに呑気だっただろうと語りつつ、

「あの空の抜けるような青さに似た時代感覚」(「近代化の推進者　明治天皇」)と「明治」を形容しもするのである。

明治の時代精神は、健気さと慎重さでもあった。また「試験における平等」であった。それが徹底した結果、平民上がりの将校が指揮する軍隊をつくってヨーロッパの軍隊、ことに貴族しか将校になれぬロシア軍の兵隊を驚かせた。それもまた「空の抜けるような青さ」をもたらした理由であろう。しかし、その彼らが四十年後の滅びを導いたのでもあった。

『坂の上の雲』刊行直後の一九七二年、近世・近代史学の芳賀徹は「東大教養学部報」で座談会を企画した。参加したのは、平川祐弘、木村尚三郎、鳥海靖らであった。彼らは口々に、「面白い。これで日本の歴史学の固陋(ころう)で偏頗(へんぱ)な、近代暗黒史観が払拭される」といいあった。司馬遼太郎の自在な想像力の背後に、膨大な史料の博捜・選択があると見通した芳賀徹は、「すごいね、一人で日文研やってたようなものだね」と発言した。

森鷗外、山路愛山、それにシュテファン・ツヴァイクの方法に影響を受けながら、そこに「余談」と「脱線」のおもしろさを持ち込み、「地図の文学化」によって全体を「俯瞰」する独特な方法を援用した『坂の上の雲』完成直後の七二年八月、司馬遼太郎は感慨を三回にわたって掲載紙上に掲げた。

「最後の回を書きおえたときに、蒸気機関車が、それも多数の貨物を連結した真黒な機関車が轟音(ごうおん)をたてて体の中をゆきすぎて行ってしまったような、自分ひとりがとりのこされてしまったような実感を持った。連載を書きおえてこのような実感をおぼえたのは、以前に『竜馬がゆく』を書き終えたとき以外にない」

「ともあれ、機関車は長い貨物の列を引きずって通りすぎてしまった。感傷だとはうけとられたくないが、私は遠ざかってゆく最後尾車の赤いランプを見つめている小さな駅の駅長さんのような気持でいる」(「『坂の上の雲』を書き終えて」)

日本人の目を近代史に向け、また「戦後」日本人の自信回復に大いに貢献した『坂の上の雲』は、二〇〇三年までに単行本、文庫版あわせて千三百六十万部売れた。その後NHKがドラマ化したので、さらに部数は積まれ、二〇一五年二月までに千九百四十五万部となった。

(ちくま文庫、二〇一五年三月)

あの、元気だった大阪

——福田みどり『司馬さんは夢の中 2』

司馬遼太郎夫人福田みどりが、回想記を執筆する気持になるまでには相当な時間を必要とした。

偉大な作家が突然世を去ったのは一九九六年二月である。福田みどりの傷心は深く、虚脱は癒されがたかった。しかるに来客は多い。つぎつぎと所用は追いかける。どれほど多忙であっても、ただ流れ去る光を見ているばかりのようで、二〇〇〇年までの記憶はほとんどあいまいだという。なにごとかを記憶にとどめる意志と意味を見出しがたかったのであろう。冬眠する小動物のように、家を出ず、散歩もしなかった。散歩は作家とすごした日々の中核でもあったから、なおさらつらい思い出を誘うのである。

ただし深夜にワインを飲む習慣はつづき、むしろ酒量は増した。

つねになにかを「考えていなければ精神の保たない」作家がようやく寝につく。妻ははじめて一日の緊張を解く。元来がそのための飲酒であったから、作家が永遠の不在となってしまえば用はないはずだ。なのに今度はワインが空虚さを埋めるようすがとなった。しかし空虚さの底は知れないから、傾けるグラスの数もおのずと増える。そうこうしているうち医者からアルコール依存症といわれる段階にまで至った。

毎年二月、「菜の花忌」前後には必ず体調を崩したのも喪失感のしからしめたところであった。そんな福田みどりには、どこか遠いところで安息している司馬遼太郎がうらやましく思われたりもした。夫が残した作品と記憶は、みなすばらしい。しかしそれを託された身には、そのすばらしさの分だけ重たい荷物のように感じられたのである。

二〇〇〇年春、福田みどりはようやく散歩を再開した。彼女が泉嬢と呼ぶ歳下の女性の友人、その強力な「教育的指導」のたまものであった。

その少し前、回想記の執筆を粘り強くすすめつづけてくれた産経新聞の担当者が亡くなった。彼は司馬遼太郎の最後の作品のひとつ『風塵抄』の、長年にわたる担当者であった。福田みどりは、また別の荷を託された気がした。時の流れは、親しい人、懐かしい人を、ひとりずつ静かに運び去る。

二〇〇〇年七月二十七日、司馬遼太郎記念館は起工された。偶然福田みどりの七十一歳の誕生日であった。元来、夫妻そろって誕生日嫌いであったのは、刻々と削られる人生の残り時間を告げられるようだったからである。その年の九月、はじめて「公用」抜きにパリに遊び、ひさびさに心をくつろがせた。二〇〇一年十一月一日、記念館は完成した。空虚さは時間の堆積によって、いくらか埋められた。

二〇〇二年十月、福田みどりは産経新聞に懸案の回想を、三日つづきの原稿として書き起こした。『司馬さんは夢の中 1』の冒頭「長い長いプロローグ」と題された一章がそれで、月一回の連載となるのは二〇〇三年一月、作家の死から七年後である。それは同時に、かつて日常そうしていたように、夫を「司馬さん」と、書き言葉のうえでも呼べるようになるまでに彼女が要した歳月でもあった。

それにしても、思い出されるのは遠い昔のことばかりである。

大阪が焼け跡から立ち上がり、戦後的繁栄へ向かおうとする日々、一九五〇年代から六〇年代前半、昭和でいえば二十年代末から三十年代全般が、ことさらに懐かしさを誘う。あの頃、自分は若く「司馬さん」も若かった。大阪は元気で、産経新聞も元気であった。

福田みどりは文化部で料理担当にされた。なのに料理についてなにも知らない。数字に弱く、塩一グラムとあるところを塩一キログラムと書いて、同僚にも読者にも笑われた。ピーマンの皮を剝いて、いったいどこを食べるのだろうと、種だけ残ったヘタを手に考えこんだ。

司馬遼太郎が京都支局から大阪本社に移ってきたのは一九五二年夏、文化部で同僚となったのはその翌年のことであった。向かいあったデスクのふたりは、引出しの汚なさで部内一、二を競った。「凶暴な方向オンチ」ぶりでも、まさに甲乙つけがたかった。

「トモダチ」から「コイビト」になんとなく移行したのは、五三年の暮れから五四年にかけての頃である。ふたりは、当時の恋人たちが一般にそうであったように、実によく歩いた。しかし、大阪の街区でも奈良へ出掛けても、必ずといってよいほど道に迷った。勤務が長く、よくなじんだはずの京都でも「司馬さん」はなかなか目的地に着けなかった。そんなときでも彼は人に道を尋ねようとはしないのだが、福田みどりは物おじせず誰にでも聞いた。しかし近眼のうえに慌てものだから、おなじ人に何度も聞いて、「あんた、三度目でっせ」といわれたりした。その人が連れていたイヌは、懐かしげに彼女に尾を振った。

「あのな、あんた。つまり、僕の嫁はんになる気はないやろな」

彼が彼女に大きな声でいったのは、司馬遼太郎の「私の愛妻記」によれば、夏の夕方、市電の停留所でのことだった。電車待ちの人々が、いっせいに視線を向けた。みな、なりゆきを注目する風情であった。

彼女はなにも答えず、横を向いたままだった。暑気あたりした見知らぬ男の独り言にごまかしたかったのだが、顔が赤らんだのでうまくいかなかった。

自分は結婚に向かぬと固く信じていた彼女は、この人なら「結婚しよう」などといい出さないだろう、とむしろ安心してつきあっていたのである。五五年夏、ひとりで英虞(あご)湾に出掛け、志摩観光ホテルに泊ったのも、結婚に対するとまどいからであろう。そのとき彼女が旅行費用として女友達から借りた五千円は、司馬遼太郎が福田定一名義で書いた本、『名言随筆サラリーマン』の印税から返済された。

結婚は五九年一月十一日、新郎三十五歳、新婦二十九歳であった。式に参列したのは主賓の今東光夫妻のほか、職場の同僚三人と新婦の女学校時代の友人ひとりだけだった。同僚のひとりで、のちに評論家となった俵萠子氏などは、その日に大阪の小さなホテルにきてくれといわれただけだったから平服で出向き、「結婚式」だと現場で知って驚いた。

ふたりは新婚時代を、西長堀の、旧土佐藩邸跡に建てられたマンモスアパートですごした。巨大アパートの小さな1DKから彼女は新聞社に通った。彼もそうしながら、帰宅後、はじめての長編小説『梟の城』を書き継いだ。翌六〇年一月、『梟の城』は直木賞を受けた。新聞記者の仕事が大好きであった司馬遼太郎だから大いにためらったものの、多忙に耐え得ず六一年五月退社、十五年のジャーナリスト生活に終止符を打った。

六四年三月、彼らが東大阪市中小阪の家へ移ったのは、無限に増殖するかと思える本の置場に困じ果ててのことだった。後年もっとも懐かしく思われたマンモスアパートでの生活が終ったとき、福田みどりは会社を辞めた。それは、考えることと書くことが生きることそのものであるような作家、散歩であれ取材の旅であれ生活のすべてで妻の助力を必要とする作家のための、やむを得ない選択であった。私たちはひとりの偉大な小説家を得たかわりに、ひとりのユニークな女性記者を失ったのである。

以後、作家は驚異的な生産をつづけた。それらはひと口にいって、日本とは何か、日本人とは何者か、日本文化が世界史中に占めた位置とは何かを問いつづける作品群であった。福田みどりは、その戦闘速力で突進する巨大戦艦の艦橋にあって、四方を

「ウォッチ」しつづける参謀長の役割を果たした。

しかし戦艦が参謀を残して彼方へ去ったいま、なにかにつけ思い出されるのは、一九五〇年代から六〇年代前半、昭和でいえばその二十年代末から三十年代にかけての彼の姿と大阪の街なのであった。

「もし、大阪中の人が、きみを攻めてきても僕はきみを守ってあげるからね」

一九五三年暮れ、「トモダチ」から「コイビト」になりかわる頃、社の近くの喫茶店「サントス」を出た冷たい風のなかで、司馬遼太郎は彼女にこういった。

「日本中の人」ではなく「大阪中の人」であるところがおかしい。「司馬さん」らしい。そういえば、「大阪一の新聞記者になりたい」というのも当時の彼の口癖のひとつであった。

五〇年代後半のあるとき、新聞記者・福田定一は「日本列島の謎」という企画を提案したことがあった。全国の空撮写真に、日本の複雑な地形と多様な文化の関係を考察する一文を添えるというものだったが、予算の束縛から実現しなかった。しかしそれは、司馬作品における「地域文化の結晶体」のような主人公たちの原点であった。日本の歴史地誌の文学的報告といえる『街道をゆく』の原形でもあった。

司馬遼太郎の精神の骨格をなすものは、実に「大阪の新聞記者」であった。彼も日本も若く、新聞も大阪も若かった。福田みどりが愛惜するのは、そういう日々なのである。

一九五二年、西梅田のサンケイビルが、当時もっとも斬新なランドマークとして完成し、翌年にはその二階の編集局で福田みどりは「司馬さん」と同僚になった。いくら方向オンチのふたりでも、このビルさえ見えれば迷うことはなかった。なのに、戦中派の遅い青春を宿したそのビルが、二〇〇五年に取り壊された。高層ビルに建てかえられるとはいっても、もはやそこに「昔の光」がさすことはないのである。

（中公文庫、二〇〇八年十月）

あとがき

司馬遼太郎の長編歴史小説『坂の上の雲』(一九六九—七二年)を私が読んだのは一九八〇年代に入ってからのことで、それまで映画やテレビの時代劇のリアルな原作小説の書き手としてのみ認識していたのだが、この小説には一驚した。

正式戦史として公刊されていた『日露戦史』は、作戦の失敗を糊塗(こと)したい将軍、逆に作戦の成功を際立たせたい将軍が、強い要望と意見を執筆をひかえた戦史部に寄せ、やむを得ずそれらを取り入れた結果、記述が錯綜・矛盾した奇怪かつ長大な「戦史」となった。

これでは参考にならない。しかし、そこにつけられた数百枚の付図・部隊配置図には信を置けると見た司馬遼太郎は、それに基づいて戦闘を記述した。『坂の上の雲』のリアリティの原点はそこにあった。すなわち「地図の文学化」である。それは、「内面」と「告白」、いいかえれば「卑下自慢」に満ちた日本近代文学に食傷した目には、まさに「発見」であった。

もうひとつの驚きは、この小説が一九六八年から七二年にかけて新聞連載されたという事実に対するものであった。

『坂の上の雲』が書かれた当時は、「進歩史観」に合わせて歴史を解釈する風潮の頂点にあたり、それによれば明治は「暗黒時代」、日露戦争は「侵略戦争」であった。そんな時代に日露戦争を主題に、防衛的ナショナリズムを動力とする物語を連載する勇気は尋常なものではなかった。左翼テロの標的にされてもおかしくはないとさえ思われた。

しかしテロは起こらなかった。左傾化した青年たちの多くはたんに流行に従っただけだったし、司馬遼太郎がその初期に多く書いた新選組ものは、それが明らかに「反革命集団」の物語であったにもかかわらず、中隊規模の組織の完成をめざす幕末「青春小説」と読み取った青年たちに愛されたのである。

司馬遼太郎は戦中派であり、陸軍の促成戦車将校であった。満洲から内地に移動、米軍上陸とその内陸侵攻に備えるという名目の栃木県の基地で終戦を迎えた彼は、「戦後」という時代の明るさと自由を愛するジャーナリストとして消日しながら小説家を志した。

だが他の戦中派がそうであったように、戦後日本社会に対しての発言はひかえていたのだが、マスコミは一九七〇年頃から時事問題に即して司馬遼太郎に感想をもとめるようになった。そうして「戦後」時代が進むに従って、炉辺に座した白髪の老人の知恵にすがるような、「困ったときの司馬さん頼み」の傾向はつのった。それは彼が「朝日新聞にも文藝春秋にも書く」立場を維持し続けた巨大な存在だったからだが、司馬遼太郎もまた一種の義務感ゆえに、それにこたえようとつとめた。

　長らく一読者にすぎなかった私は、司馬遼太郎没後のことになるが、彼の著作や私信をもとにした本を二冊書いている。

　一冊目は『司馬遼太郎の「かたち」』(二〇〇〇年)という本である。

司馬遼太郎は一九八七年に『韃靼疾風録』を完成させて小説の筆を置いたのだが、その一年前から「文藝春秋」の巻頭随筆『この国のかたち』を連載していた。ただし「この国」という用語は、やや異とするに足る。それは当時、「日本」とも「わが国」とも、意地でもいいたくない左翼の常套的用語だったからである。

　しかし司馬遼太郎はその題名に執着した。もともと「この土（くに）」であったものを、それは無理読みにすぎるのではないか、と編集者たちに説得され、「この国」とするまでは譲歩した末のことである。「この国」とは必ずしも国家を指さない。日本というまとまりの母となった地形・風土をしめしていて、それもまた「地図の文学化」の試みであった。

亡くなるまで十年間書き続けられた『この国のかたち』では、原稿に編集者宛ての私信が添えられた。それらを読んで、「戦後」の移ろいとともに変化する司馬遼太郎の心事をはかろうとしたのが『司馬遼太郎の「かたち」』という本であった。

温顔を崩さぬ人と思われた司馬遼太郎だが、必ずしも気の長い人ではないと知ったのは、彼がときに激語を原稿と私信に記していたからである。そこには土地投機に熱中する日本人、箱モノ建築と不要不急の大土木工事にのみ注力する官僚への嫌悪がにじみ出ており、亡くなる前年の一九九五年には、地下鉄サリン事件を起こしたオウム教団に対する尋常ではない怒りを発していた。それは論理ではなく生理の発露であった。

自由を実感しつつ、努力すれば何とかなるという希望をもたらした、あの明るい「戦後」とそれをになった日本人はどこへ行った、と嘆きながらいらだつ気持ちが露骨なまでにあらわれていたのである。ひとつの時代を支える精神は三十年以上続きがたい、とは司馬遼太郎自身の言葉であるが、私たちは「戦後」という時代になずみ、甘えているうちにいつしか「賞味期限」を過ぎてしまっていたのである。要するに、

「戦後」と呼ばれた時代は長すぎた。

私が書いたもう一冊は『「坂の上の雲」と日本人』(二〇〇六年)で、それは『坂の上の雲』という大長編小説に注釈を加えながら分析する試みであった。『アメリカにおける秋山真之』『ロシヤにおける広瀬武夫』などで知られる比較文学の泰斗・島田謹二は、この小説の本質を、「花やかな勝利のうしろにどこかでしみじみときかせている」「諸行無常の哀調」と見て、それは『平家物語』に通じるといった。まことにそのとおりで、この小説は、戦のきわどい勝利のあとにつづいてあらわれた、軍というより日本国民の「好戦性」とその破綻までを、読者に想像させるのである。

この二冊の本の中間に私が編集し、執筆したのが『司馬遼太郎対話選集』(二〇〇二―〇三年)という五巻ものの本である。

なにごとにつけ専門家の意見を聞き、また専門家との議論を好んだ司馬遼太郎は、膨大な数の対談を残している。その中から六十余篇を採録しながら、各巻末尾に対談者たちの経歴と事跡、それに彼らが日本「戦後」社会に占めた位置と影響力を記して、「戦後」知識人の群像をえがく試みである。司馬遼太郎自身がえらんだ対談相手は「戦後」日本、おもに一九七〇年頃から一九九六年までを代表する知識人であった。

このたび本書『司馬遼太郎の「跫音」』に五巻連載の私の「解説」が採録され、『対話選集』を選別・編集・執筆した当時の苦労が報われた思いがある。

司馬遼太郎は「地図の文学化」、あるいは物事の計量化を軽んじず、それを文学に導入したユニークかつ偉大な作家であったとすでに書いたが、その精神の基底には大阪人の、あるいは大坂商人のセンスが生きていた。そのことが「告白」や「卑下自慢」といった近代文学中の「負のナルシシズム」を遠ざけたのでもあろう。

作家が亡くなって間もなく三十年、彼を失うことで生じた大きな空洞は、いまだ埋められていない。

二〇二五年一月

関川夏央

＊本書は岩波現代文庫のために新たに編集された。底本を以下に記す。

関川夏央『「解説」する文学』（岩波書店、二〇一一年）「思想嫌い」という思想／司馬遼太郎と「戦後知識人」群像／西郷という巨大な謎／あの、元気だった大阪

司馬遼太郎著／関川夏央編『幕末維新のこと――幕末・明治論コレクション』（ちくま文庫、二〇一五年）大阪的作家の「計量」と「俯瞰」の文学

司馬遼太郎著／関川夏央編『明治国家のこと――幕末・明治論コレクション』（ちくま文庫、二〇一五年）「坂の上」から見通した風景

関川夏央『人間晩年図巻　1995－99年』（岩波書店、二〇一六年）「歴史青春小説家」から「憂国」の人へ

司馬遼太郎の「跫音」

2025年2月14日　第1刷発行
2025年5月15日　第2刷発行

著　者　関川夏央（せきかわなつお）

発行者　坂本政謙

発行所　株式会社 岩波書店
〒101-8002 東京都千代田区一ツ橋 2-5-5
案内 03-5210-4000　営業部 03-5210-4111
https://www.iwanami.co.jp/

印刷・精興社　製本・中永製本

ISBN 978-4-00-602365-2　　Printed in Japan

岩波現代文庫創刊二〇年に際して

二一世紀が始まってからすでに二〇年が経とうとしています。この間のグローバル化の急激な進行は世界のあり方を大きく変えました。世界規模で経済や情報の結びつきが強まるとともに、国境を越えた人の移動は日常の光景となり、今やどこに住んでいても、私たちの暮らしは世界中の様々な出来事と無関係ではいられません。しかし、グローバル化の中で否応なくもたらされる「他者」との出会いや交流は、新たな文化や価値観だけではなく、摩擦や衝突、そしてしばしば憎悪までをも生み出しています。グローバル化にともなう副作用は、その恩恵を遥かにこえていると言わざるを得ません。

今私たちに求められているのは、国内、国外にかかわらず、異なる歴史や経験、文化を持つ「他者」と向き合い、よりよい関係を結び直してゆくための想像力、構想力ではないでしょうか。

新世紀の到来を目前にした二〇〇〇年一月に創刊された岩波現代文庫は、この二〇年を通して、哲学や歴史、経済、自然科学から、小説やエッセイ、ルポルタージュにいたるまで幅広いジャンルの書目を刊行してきました。一〇〇〇点を超える書目には、人類が直面してきた様々な課題と、試行錯誤の営みが刻まれています。読書を通した過去の「他者」との出会いから得られる知識や経験は、私たちがよりよい社会を作り上げてゆくために大きな示唆を与えてくれるはずです。

一冊の本が世界を変える大きな力を持つことを信じ、岩波現代文庫はこれからもさらなるラインナップの充実をめざしてゆきます。

（二〇二〇年一月）

岩波現代文庫[文芸]

B360
かなりいいかげんな略歴
エッセイ・コレクションⅠ
―1984-1990―
佐藤正午

デビュー作『永遠の1/2』受賞記念エッセイである表題作、初の映画化をめぐる顛末記「映画が街にやってきた」など、瑞々しく親しみ溢れる初期作品を収録。

B361
佐世保で考えたこと
エッセイ・コレクションⅡ
―1991-1995―
佐藤正午

深刻な水不足に悩む街の様子を綴った表題作のほか、「ありのすさび」「セカンド・ダウン」など代表的な連載エッセイ群を収録。

B362
つまらないものですが。
エッセイ・コレクションⅢ
―1996-2015―
佐藤正午

『Y』から『鳩の撃退法』まで数々の傑作を著した壮年期の、軽妙にして温かな哀感漂うエッセイ群。文庫初収録の随筆・書評等を十四編収める。

B363
母の恋文
―谷川徹三・多喜子の手紙―
谷川俊太郎編

大正十年、多喜子は哲学を学ぶ徹三と出会い、手紙を通して愛を育む。両親の遺品から編んだ、珠玉の書簡集。〈寄稿〉内田也哉子

B364
子どもの本の森へ
河合隼雄
長田弘

子どもの本の「名作」は、大人にとっても重要な意味がある！　稀代の心理学者と詩人が縦横無尽に語る、児童書・絵本の「名作」ガイドの決定版。〈解説〉河合俊雄

2025.4

岩波現代文庫[文芸]

B365
司馬遼太郎の「跫音」
関川夏央

司馬遼太郎とは何者か。歴史小説家として、また文明批評家として、歴史と人間の物語をまなざす作家の本質が浮き彫りになる。

B366
文庫からはじまる
—「解説」的読書案内—
関川夏央

残された時間で、何を読むべきか? 迷ったときには文庫に帰れ! 読むぞ愉しき。「解説の達人」が厳選して贈る恰好の読書案内。

B367
物語の作り方
ガルシア=マルケスのシナリオ教室
G・ガルシア=マルケス
木村榮一訳

おもしろい物語はどのようにして作るのか? 稀代のストーリーテラー、ガルシア=マルケスによる実践的〈物語の作り方〉道場!

B368
自分の感受性くらい
茨木のり子

自分の感受性くらい/自分で守れ/ばかものよ——。もっとも人気のある詩人による、現代詩の枠をこえた名著。〈解説〉伊藤比呂美